W0266527

Birthe zur Nieden

(K)EIN COWBOY FÜR KAT

BIRTHE ZUR NIEDEN

Kat & Co.

Band 2

(K)ein Cowboy für Kat

francke

Über die Autorin:

Birthe zur Nieden, Jahrgang 1979, hat schon mit fünf Jahren die erste Pferdegeschichte verfasst und mit dem Schreiben danach nicht wieder aufgehört. Das Reiten entdeckte sie erst vor einigen Jahren richtig für sich, dafür hat das Pferdevirus sie seitdem fest im Griff. Sie hat in Marburg studiert und lebt und arbeitet weiterhin dort – bis jetzt noch ohne eigenes Pferd …

Bibliografische Information Der Deutschen Bibliothek
Die Deutsche Bibliothek verzeichnet diese Publikation in der Deutschen Nationalbibliografie; detaillierte bibliografische Daten sind im Internet über http://dnb.ddb.de abrufbar.

ISBN 978-3-86827-543-8
Alle Rechte vorbehalten
© 2015 by Verlag der Francke-Buchhandlung GmbH
35037 Marburg an der Lahn
Umschlagbilder: © iStockphoto.com / vicuschka & Kamaga
Umschlaggestaltung: Verlag der Francke-Buchhandlung GmbH / Sven Gerhardt
Satz: Verlag der Francke-Buchhandlung GmbH
Printed in Czech Republic

www.francke-buch.de

1. Kapitel

... in welchem Kat sich zuerst fühlt, als würde sie fliegen, und danach Schmetterlinge im Bauch hat.

„Ja, super! Das ist ja jetzt schon fast ein richtiger Zirkel gewesen, nicht mehr ein angebissenes Osterei!"

Kat musste lachen, und augenblicklich fiel der Haflingermix Otto aus dem Trab in den Schritt zurück. Anne, die Reitlehrerin, schüttelte den Kopf. „Also, der nutzt aber auch wirklich jede Gelegenheit aus. Bloß keinen Schritt zu viel. Treib ihn mal wieder an, der darf damit jetzt nicht durchkommen, und wenn es noch so heiß ist."

Kat drückte gehorsam die Beine an Ottos runden Bauch, und nach einem Moment des Zögerns begann das Pony tatsächlich wieder zu traben, während Kat versuchte, möglichst weich mitzugehen und ihm nicht in den Rücken zu plumpsen.

„So – weil das mit dem Aussitzen so gut klappt und weil er offensichtlich ein bisschen mehr Schwung braucht, werden wir es gleich mal mit dem Galopp probieren."

Galopp! Endlich! Kat strahlte. Sie ritt nun schon seit fast vier Monaten, aber die schnellste Gangart hatte sie noch nie ausprobieren dürfen. Anne sagte immer, sie hielte es für besser, sich von unten nach oben zu arbeiten. Wenn das Reiten im Schritt gut klappte, wurde getrabt, und erst wenn das lief, kam der Galopp.

Anne nahm die Hände aus den Taschen ihrer Jeans und stieß sich von der Hallenwand ab, an die sie sich gerade noch gelehnt hatte. „Okay. Dann trab ihn mal weiter um die kurze Seite der Halle herum. Direkt bevor die lange Seite anfängt, nimmst du auf der Biegung das äußere Bein, also das, was Richtung Wand zeigt, nach hinten, gibst die Zügel nach vorne frei, treibst und machst mit dem Mund so ein Kussgeräusch. Das kennt er inzwischen schon recht gut. Und dann galoppierst du die lange Seite runter. Anhalten wird er danach sowieso von selber, wie ich ihn kenne. Versuch einfach nur, gerade sitzen zu bleiben und in der Hüfte mitzuschwingen, und neige den Oberkörper lieber ein bisschen zu weit nach hinten als nach vorne."

Kat brummte zustimmend, mehr brachte sie vor lauter Konzentration und Aufregung nicht heraus. Und da war auch schon die kurze Seite vorbei. Sie schob ihr Bein zurück, ließ die Zügel ein Stück durch die Hand rutschen und versuchte sich an einem Luftkuss, wobei sie sich etwas albern vorkam.

„Treiben nicht vergessen!", rief Anne. Kat drückte die Beine an, woraufhin Otto so schnell zu traben anfing, dass sie auf seinem Rücken auf- und abgeworfen wurde.

„Trab wieder leicht", hörte sie Anne rufen. „Einmal ganze Bahn, und dann versuchen wir das hier gleich noch mal."

Erleichtert hob sich Kat wieder bei jedem zweiten Schritt aus dem Sattel. Das war doch deutlich schonender für den Hintern!

Als Otto wieder langsamer wurde, sagte Anne: „So, und jetzt wieder aussitzen ... gut ... und jetzt Bein zurück, treiben und Küsschen!"

Kat gehorchte, Anne half mit einer Longierpeitsche hinter Ottos Po nach, und dann veränderte sich das schnelle Auf und Ab des Trabes und wurde zu einer weichen, völlig anderen und schnelleren Bewegung – so anders, dass Kat gar nicht mehr wusste, wie sie dabei sitzen bleiben sollte. Ihre Füße rutschten aus den breiten Steigbügeln des baumlosen Westernsattels, und sie selbst hatte das Gefühl, nach rechts wegzurutschen. Erschrocken hielt sie sich am Sattelhorn fest – aber da stoppte Otto auch schon ab und schlurfte im Schritt weiter durch die Halle. Kat richtete sich wieder auf, angelte mit den Füßen nach den Steigbügeln und bat atemlos: „Noch mal?“

Anne lachte. „Aber sicher doch. Diesmal weißt du ja wenigstens schon ungefähr, wie es sich anfühlt. Lehn dich ruhig zuerst etwas weiter zurück, das macht es leichter für dich. Dann trab ihn mal an.“

Diesmal klappte es schon viel besser. Kat verlor nur den linken Bügel, und am Horn musste sie sich auch nur ganz kurz festhalten. Die Seitenwand der Reithalle huschte an ihr vorbei, und schon war Otto an der gegenüberliegenden Seite angekommen. Auf der Biegung wurde er langsamer, trabte ein paar Meter und ging dann wieder Schritt. Kat setzte sich richtig hin, steckte den Fuß in den Steigbügel und strahlte. „Das war absolut grenzgenial!“

„‚Grenzgenial‘? Den Ausdruck habe ich ja noch nie gehört ... aber da ich aus deinem Gesichtsausdruck schließe, dass das Wort so viel wie ‚großartig‘ bedeuten soll, machen wir doch der Vollständigkeit halber auch noch einen Galopp auf der anderen Hand.“

Kat lenkte Otto quer durch die Halle, um die Richtung zu wechseln. Mit dem Lenken klappte es eher mittelprächtig, aber das würde schon auch noch kommen. Linksherum war das Galoppieren genauso aufregend schnell und genauso seltsam, aber es wurde schon besser – immerhin behielt sie diesmal gerade so beide Füße in den Steigbügeln.

„Na bitte! Du machst das wirklich prima, Kat. Das wird kein größeres Problem mit dir und dem Galopp!“

„Dabei hab ich doch dauernd die Bügel verloren! Oder zumindest fast verloren ...“

„Das geht so ziemlich jedem beim ersten Galopp so, da mach

dir keine Gedanken. Es ist einfach ein ganz anderes Sitzgefühl. Weißt du auch, woran das liegt?“

„Äh“, machte Kat. „Am Tempo? Nee, Quark. Daran, wie die Hufe aufsetzen!“

„Richtig. Der Schritt ist ein Vierertakt, alle vier Hufe setzen nacheinander auf. Im Trab fußen immer die beiden gegenüberliegenden Hufe gleichzeitig auf, das ergibt einen Zweiertakt mit einer kleinen Schwebephase dazwischen, es sei denn, es ist Western-Jog, dann fällt die Schwebephase weg. Ja, und der Galopp ist eben ein Dreiertakt mit einer richtig starken Schwebephase, in der kein Huf den Boden berührt. Es ist eher eine Serie von kleinen Sprüngen, deshalb fühlt es sich völlig anders an als Schritt oder Trab. – Und mit diesen weisen Worten beenden wir die Reitstunde für heute. Lass ihn noch zwei oder drei Runden Schritt gehen. Ich reche so lange den Hufschlag, der sieht ja schon wieder aus wie der Marianengraben. Wenn man da einmal drin ist, kommt man wahrscheinlich nicht wieder raus.“

Während Kat Otto mit hängenden Zügeln Schritt gehen ließ und nur aufpassen musste, dass sie Anne mit der Harke nicht über den Haufen ritt, dachte sie darüber nach, wie sich manchmal Dinge in kürzester Zeit komplett verändern konnten. Noch vor vier Monaten hätte sie sich niemals vorstellen können, dass sie einmal so glücklich grinsend auf dem Rücken von Moms wenig beeindruckendem Pony sitzen würde, weil sie ein paar Meter mit ihm durch die Reithalle gehoppelt und dabei nur fast heruntergefallen wäre. Damals hatte sie Mom noch einen Vogel gezeigt, wenn die einen ihrer zahlreichen Versuche unternommen hatte, sie fürs Reiten zu begeistern. Damals hatte sie auch Moms Pferdebegeisterung ziemlich peinlich gefunden. Aber damals hatte es auch noch keinen Otto gegeben ... Kat beugte sich vor, kraulte den Ansatz der weißblonden Wuschelmähne und streichelte über das rötlich-goldene Fell darunter. Inzwischen war es kein dicker Pelz mehr wie im Frühling, als ihre

Mutter ihn gekauft hatte, sondern das Fell war kurz und glänzend. Jedenfalls, wenn es gerade nicht von Dreck und Pferdeäpfeln verklebt war.

Nein, ein Leben ohne Otto und ohne das Reiten konnte sich Kat gar nicht mehr vorstellen.

„Na, ihr zwei?“, sagte Anne. „Pferdeliebe?“

„Hmm“, machte Kat. „Pferdeliebe und Galopp, Sonnenschein und Sommerferien. Was will man mehr?“

***

Als Kat mit Otto an dem hinteren der drei Stallgebäude der Anlage ankam, knallte die Sonne so heiß auf den Putz- und Sattelplatz, dass sie am liebsten sofort die Reitjeans mit dem dicken Kunstlederbesatz an der Innenseite ausgezogen hätte. Aber zuerst kam natürlich das Pferd dran, schließlich hatte Otto nicht weniger geschwitzt als sie. Früher hatte sie immer gedacht, dass Reiten ja wohl eigentlich mehr ein Sport für das Tier als für den Menschen sei, der da so gemütlich auf dem Pferderücken hockte und sich tragen ließ ... Das konnte man nur sagen, wenn man selbst noch nie geritten war und keine Ahnung hatte, dass allein das Sitzen auf einem sich bewegenden Pferd schon Muskeln beanspruchte, von denen man gar nicht wusste, dass man sie besaß. Und bei der sommerlichen Wärme war das Schwitzen vorprogrammiert.

Aber natürlich war auch Otto nass geschwitzt, vor allem an der Brust und unter dem Sattel, den Kat jetzt herunterzog und zusammen mit der Trense in die Sattelkammer brachte. Normalerweise hielt sie sich gern hier drinnen auf, aber heute beeilte sie sich, den Spind aufzuschließen, den Sattel auf seine Halterung zu schieben und das Zaumzeug an den Haken an der Seitenwand zu hängen. Es war unerträglich stickig hier und noch heißer als draußen.

Als sie mit dem Hufkratzer in der Hand wieder herauskam, schnaubte Otto ihr schon ungeduldig entgegen.

„Ja, ja, ich beeile mich ja mit dem Hufeauskratzen. Ich weiß, du willst zu deinen Kumpels auf die Weide. Und zum Gras."

„Wobei heute vermutlich sogar Otto lieber zu seiner Tränke als zum Gras will. Hallo, Kat!"

Kat fuhr herum. Da stand er, ein Halfter über der Schulter und lässig mit den Unterarmen auf den rundumlaufenden Anbindebalken gestützt: Patrick Wegwarth, genannt Rick. Der Junge, der letztlich daran schuld war, dass sie mit dem Reiten angefangen hatte, weil sie ihn, seine Westernreiterei und seinen wunderschönen, schwarzweiß gescheckten Paint Horse-Hengst Blue angehimmelt hatte. Um Rick zu beeindrucken, hatte Kat zu ihm gesagt, sie werde nun auch hier am Stall reiten lernen, und nur dadurch hatte sie überhaupt mit den Reitstunden begonnen. Danach hatte sie Rick allerdings kaum noch gesehen, weil er ständig auf Turnieren unterwegs war und ansonsten für diese Turniere trainiert hatte. Stattdessen hatte sie sich ins Reiten und in die Pferde verliebt. Eigentlich musste sie Rick dankbar sein – aber der wusste ja nichts von seiner Funktion als Pferdeliebevermittler.

„Hi", sagte Kat, winkte mit dem Hufkratzer und spürte gleich darauf, wie ihr Gesicht vermutlich genauso rot wurde wie ihre getönten Haare. Gleichzeitig fing sie noch mehr zu schwitzen an als sowieso schon. Wie albern musste das ausgesehen haben, zumal der Hufkratzer auch noch pink war!

Rick schwang sich lässig über den Balken zu ihr und Otto. „Du bist in letzter Zeit ziemlich oft am Stall, oder täuscht das?", fragte er und wischte sich eine seiner fast schulterlangen blonden Strähnen aus dem Gesicht.

„Nee, das täuscht nicht", sagte Kat und steckte den Hufkratzer unauffällig in die Hosentasche. „Wir sind dieses Jahr nicht weggefahren, also habe ich die Ferien für so viele Extra-Reitstunden wie möglich genutzt. Die wöchentlichen Gruppenstunden fallen in den Ferien ja aus, aber Anne hat Einzelstunden gegeben, wenn sie da war und Zeit hatte."

„Und wie läuft's mit dem Reiten?"

„Gut. Heute bin ich zum ersten Mal galoppiert!" Die Erinnerung an ihren ersten Galopp war sogar stärker als ihre Verlegenheit, die sich gleich ein wenig verflüchtigte.

„Cool! Und?"

„Na ja, super war's noch nicht, aber ich bin nicht runtergefallen, und es war total genial. Ich glaube, ich könnte die ganze Zeit nur noch galoppieren."

Rick grinste sie an. „Dann musst du wohl auch ein Reiner werden."

Einen Moment lang überlegte Kat, ob sie ihre Unwissenheit preisgeben sollte oder nicht, aber dann siegte doch die Neugier. „Wieso?"

„Na, bei einer Reining besteht die Prüfung aus Galoppzirkeln in verschiedenen Geschwindigkeiten, und dann natürlich den Rundowns mit den Sliding Stops und den Rollbacks und den Spins, aber solange es vorwärts geht, wird da nur galoppiert."

„Ach so, cool", sagte Kat und versuchte, sich die Fachbegriffe zu merken, damit sie sie zu Hause nachschlagen konnte. Was ein Sliding Stop war, wusste sie schon seit dem ersten Mal, als sie Rick beim Training zugesehen hatte: Das war dieses abrupte Stoppen, bei dem das Pferd mit den Vorderbeinen weiterlief und mit den Hinterbeinen über den Boden schlitterte.

„Wie liefen denn deine Turniere?", fragte sie, damit die Pause nicht zu lang wurde. „Sind die eigentlich das ganze Jahr über?"

„Gut liefen sie, ich liege in der Youth Trophy der Regio-RSA im Moment vorne, aber es sind ja noch ein paar Turniere. Und nein, die Turniersaison ist immer von Frühling bis Frühherbst, dann ist Schluss bis nächstes Jahr. Kommendes Wochenende ist eins im Rahmen eines WVD-Turniers, da werde ich hoffentlich noch mal ein paar Punkte abstauben. Bei der Rookie werde ich auch starten."

„Aha", sagte Kat, und dann schüttelte sie den Kopf – das hatte so keinen Zweck mit der Unterhaltung. „Du, ich verstehe gerade nur Bahnhof."

Er lachte. „Sorry. Ich hab gerade ganz vergessen, dass du erst mit dem Reiten angefangen hast und mit Turnieren noch gar nichts am Hut hast. Die RSA ist die *Reining Sports Association*, also die Reining-Sport-Vereinigung. Da gibt es in jeder Kategorie sozusagen einen Jahressieger, und da bin ich momentan gut im Rennen bei den Junioren. Der Rest war jetzt nicht so wichtig."

„Ach so", sagte Kat wieder und wusste nicht so richtig, was sie jetzt sagen könnte.

Rick trat näher heran und musterte Otto. „Na, was macht denn eure Dampfwalze?"

Wenn er dabei nicht so zum Dahinschmelzen gelächelt und vor allem nicht begonnen hätte, Otto an der Stirn zu kraulen, hätte Kat ihm seine Bemerkung ein bisschen übel genommen. Sie erinnerte sich nicht gerne an den Tag, als Otto ihr auf dem Weg in den Stall die Zügel aus der Hand gerissen und sich durch die Hecke zum Nachbarzaun hindurchgepresst hatte. Dort hatte ausgerechnet Rick gestanden und daraufhin Otto diesen Spitznamen verpasst, der sich seitdem leider hartnäckig am Stall hielt.

„Er hat schon ein bisschen abgenommen, meint Mom. Ich sehe davon nichts, aber ich hab auch keine Ahnung. Rund ist und bleibt er sowieso."

„Na, das wird schon. Wo du ihn jetzt so forderst – auch noch im Galopp ..."

„Ha, ha", machte Kat.

„War nicht böse gemeint!", setzte Rick rasch nach.

„Hab ich auch nicht so verstanden. Ich bin zwar jünger als

du, aber ich bin schon in der Lage, Ironie zu verstehen und zu verkraften, weißt du", erklärte sie grinsend und fügte hinzu: „Ich kann auch schon alleine essen!"

Er lachte laut auf. „Wer hätte das gedacht!" Dann legte er den Kopf ein wenig schief und betrachtete sie aus zusammengekniffenen Augen, sodass sie auf einmal gar nicht mehr wusste, wo sie hinschauen sollte. „Aber mal im Ernst: Wie alt bist du eigentlich?"

Kat richtete sich noch ein wenig mehr auf und sagte: „Eigentlich fragt man das ja angeblich eine Frau nicht, du unhöflicher Mensch. Aber weil du's bist ... wobei: Rate doch erst mal."

„Fünfzehn?"

„Vierzehneinhalb."

„Puh, dann hab ich mich ja wenigstens nicht in die Nesseln gesetzt."

„Und du?", fragte Kat.

„Letzte Woche sechzehn geworden."

„Oh, äh, herzlichen Glückwunsch nachträglich!"

„Danke. Tja, schade."

„Was ist schade?" Etwa, dass sie anderthalb Jahre jünger war als er?

„Dass wir uns jetzt erst so nett unterhalten. Sonst hätte ich dich noch zur Party einladen können, aber die ist ja nun vorbei."

Kats Herz begann schneller zu schlagen. Flirtete Rick etwa gerade mit ihr? „Ja, so ist das Leben." Sie legte sich in einer gespielt dramatischen Geste den Handrücken an die Stirn und hauchte mit ersterbender Stimme: „Manchmal geht es an einem vorbei ..."

Er grinste breit. „Du bist schon eine ..."

„War das jetzt ein Kompliment oder eher ein: ‚Die spinnt ja total'?"

„Ein Kompliment natürlich. Du, das war aber echt ernst gemeint, ich hätte dich wirklich gern auf der Party gehabt."

„Tja, dann musst du wohl noch eine schmeißen. Ich kann ja viel, wie gesagt: alleine essen und Ironie verstehen ..."

„Und galoppieren", warf er ein.

„Gut, da ist das mit dem Können Ansichtssache. Aber was ich nicht kann, ist, in die Vergangenheit zu reisen. Und von daher ..."

„... müssen wir wohl auf nächstes Jahr hoffen. Geburtstagspartys gibt's schließlich nur einmal im Jahr."

„Boah, wie ungalant!" Kat versuchte, Rick mit gerunzelter Stirn anzufunkeln, scheiterte aber an ihrem Vorhaben und grinste stattdessen.

„Tja, so bin ich nun mal." Er zog sein Handy aus der Tasche, um auf die Uhr zu sehen. „Oha, schon so spät! Meine Trainerin kommt gleich, ich muss Blue holen und satteln. Wir laufen uns hier ja sicher noch öfter mal über den Weg!"

„Klar. Viel Spaß beim Training. Oder Erfolg. Oder am besten beides."

„Danke. Bis dann!"

Kat sah ihm nach, wie er mit schnellen Schritten in Richtung der Koppeln davonging. Also, dieser Junge war schon was Besonderes.

2. Kapitel

... enthält den Hufschmied, Flirttipps in Teeniezeitschriften und ziemlich viel Wind.

Kat starrte aus dem Fenster. Der Krimi in ihrem Schoß wartete geduldig, dass sie weiterlas, aber sie konnte sich so gar nicht auf die brutale Mordserie und den depressiven Kommissar konzentrieren, obwohl sie ja eigentlich schon wissen wollte, was ihn in seiner Vergangenheit mit dem Hauptverdächtigen verbunden hatte. Aber gerade jetzt schweiften ihre Gedanken immer wieder ab und rutschten unwillkürlich jedes Mal einen Tag in ihre eigene Vergangenheit. Vielleicht hatte sie doch ein Zeitreisetalent ...

Natürlich war es nicht Rick, an den sie dachte. Oder jedenfalls nicht nur. Der Galopp war schließlich etwas Besonderes gewesen, kein Wunder, dass sie daran immer wieder dachte. Und das Gespräch mit Rick war einfach nett gewesen. Und seine blauen Augen auch ...

Die Tür ihres Zimmers wurde aufgerissen, und Kat fuhr erschrocken zusammen. Ihre Mutter schob sich durch den Türrahmen, eine Hand noch an der Klinke. Ihre kinnlangen dunkelblonden Haare waren wieder mal verwuschelt, und sie trug ein total ausgeleiertes T-Shirt über der Jeans, das irgendwann früher mal grün gewesen war. Inzwischen sah es mehr aus wie grau mit grünlichen Stellen. „Du, ich fahre jetzt zum Stall, der Hufschmied kommt. Willst du mit?“

Kat klappte den Krimi mit Schwung zu und sprang aus dem Sessel. „Klar! Bin sofort unten, ich zieh mir nur lieber doch eine lange Hose an.“

„Ja, das ist besser. Momentan sind die Bremsen unerträglich. Wenn man da zu viel Haut zeigt, ist man hinterher total zerstochen.“

Kat schlüpfte schon aus den Shorts und in die Jeans. Den Reißverschluss zog sie zu, während sie bereits hinter Mom her die Treppe hinunterhüpfte.

Moms knallgrüner Kleinwagen stand vor der Tür und sah aus, als bräuchte er auch mal ein wenig Zuwendung. Kat fegte Heureste vom Beifahrersitz, bevor sie sich hineinsetzte. Auf der Rückbank lag ein Knäuel schmutziger Decken und verbreitete den Geruch von Pferdeschweiß; daneben lagerte ein Sack Mineralfutter, und zu Kats Füßen fanden sich zwei Dosen mit Sattelseife und Lederfett sowie Moms Reitschuhe, die dezent nach Mist dufteten. Kat versuchte, einen Platz für ihre Füße zu finden. „Du könntest hier schon mal aufräumen und saubermachen ...“

„Ja, du hast ja recht. Aber sieh es positiv: Solange hier so ein Saustall herrscht, kann ich dich kaum ausschimpfen, wenn in deinem Zimmer wieder mal alles durcheinanderliegt.“

„Mom, weißt du was? Du bist manchmal echt nicht pädagogisch.“

Mom seufzte und ließ den Motor an. „Ich weiß. Ich bin eine schlechte Mutter. Dabei hättest du doch so gern ein wenig mehr Ordnung und Disziplin in deinem Leben.“

Kat kicherte. „Ich hab dich lieb, Mom.“

„Ich dich auch.“

Als das Froschauto auf den geschotterten Parkplatz vor dem Stall einbog, sah Kat den Kleinbus des Hufschmieds neben dem ersten Stallgebäude stehen. „Er ist schon da! Sind wir zu spät?"

Mom schüttelte den Kopf und zog die Handbremse an. „Ach was, unser Termin ist erst in ungefähr einer Dreiviertelstunde. Der Schmied macht heute gleich mehrere Pferde. Ich hole Otto trotzdem schon und mache ein bisschen Bodenarbeit, Führen üben und so, da sind wir uns beide noch nicht so ganz einig, wer das Sagen hat ... Kommst du mit oder willst du beim Schmied zusehen? Falls du dir das Beschlagen mit Hufeisen mal ansehen willst, solltest du gleich gehen. Otto läuft auch weiterhin barfuß und kriegt nur die Hufe geraspelt."

Kat zögerte. Bodenarbeit würde sie ja auch zu gerne mal machen, und Mom und Otto dabei zuzusehen könnte lehrreich sein. Aber andererseits verpasste sie womöglich etwas – oder jemanden –, wenn sie sich jetzt mit Mom auf den Reitplatz verkrümelte.

„Ich gucke erst mal ein bisschen beim Schmied zu und komme dann nach", entschied sie schließlich und stieg aus dem Auto.

Es stank nach verbranntem Horn, als Kat näher kam, und jetzt war sie wirklich neugierig. Natürlich waren Ottos Hufe schon mehrmals bearbeitet worden, seit er zur Familie gehörte, aber Kat war bisher noch nie dabei gewesen, da der Schmied immer vormittags gekommen war, wenn sie in der Schule hocken musste. Aber jetzt waren glücklicherweise noch Sommerferien!

Sie kam gerade rechtzeitig, um zu sehen, wie der Schmied Pinchs linken Hinterhuf von dem Bock nahm, auf dem er zur Stütze gelegen hatte, und dem jungen Quarter-Horse-Wallach freundlich auf das glänzend dunkelbraune Hinterteil klopfte. „Fertig. Das hat er diesmal aber gut gemacht."

An Pinchs Kopf stand seine Besitzerin Lara, mit der Kat in der Reitstunde war, und lobte ihn auch von dieser Seite ausgiebig. „Ja, langsam wird er echt ruhiger." Jetzt entdeckte sie Kat. „Hey! Seid ihr gleich dran?"

„Nee, dauert noch. Ich wollte nur mal ein bisschen zugucken."

„Bei uns gibt's nichts mehr zu sehen, Pinch ist fertig, vorne beschlagen, hinten nur Hufpflege. Und er hat sich mustergültig benommen." Lara drückte ihrem Liebling einen Kuss auf die weiche dunkle Nase, und Kat dachte wieder einmal, dass man bei diesem Paar eigentlich immer einen Fotoapparat dabeihaben müsste, um Bilder für Poster und Pferdezeitschriften zu schießen. Pinch war ein wirklich schönes Pferd, und Lara schaffte es, immer gut auszusehen, selbst wenn sie wie jetzt ein schlichtes blaues Top zu einer ziemlich schmutzigen Jeans trug. Aber ihre halblangen blonden Haare lagen grundsätzlich perfekt, und ihr dramatisches dunkles Augen-Make-up tat sein Übriges. Dabei war sie aber wirklich nett und kein bisschen eingebildet.

„So, dann macht mal Platz für den Nächsten, ihr zwei", sagte der Hufschmied, dann wandte er sich an Kat. „Und du kannst gerne zuschauen, aber steh nirgendwo im Weg rum, okay?"

„Klar", sagte Kat, während Lara Pinchs Strick löste und mit ihm davonstiefelte.

„Hi!", hörte Kat Laras Stimme, kaum dass die beiden um den Stall herum verschwunden waren. „Na, kriegt er neue Sliding-Eisen?"

„Sicher, die Saison ist ja noch nicht vorbei."

Kats Herz machte einen kleinen Hüpfer: Das war Ricks Stimme. Und nun kam er auch mit Blue um die Ecke. Eigentlich natürlich *Zip's Go On Blue*, das war der volle Name des schwarzweiß gescheckten Paint Horse-Hengstes.

„Hi", sagte Rick zum Hufschmied, und als er Kat entdeckte, formte sich ein breites Lächeln auf seinem Gesicht. Aber bevor sie etwas sagen konnte, ruckte Blue seinen schönen Kopf mit den namengebenden blauen Augen in die Höhe und riss Rick den Strick ein Stück durch die Hand, und er musste seine Aufmerksamkeit ganz seinem Pferd zuwenden. Was nicht das Schlechteste war, dachte Kat, denn ihr Gehirn war in diesem Moment einfach komplett wie leer gefegt, und sie hätte beim besten Willen nicht gewusst, was sie zu ihm hätte sagen sollen.

„Whoa“, machte Rick beruhigend, während Blue mit hochgerecktem Kopf auf der Stelle zu tänzeln anfing.

„Was ist denn mit dem los?“, wollte der Hufschmied wissen. „Der hat doch sonst nie Probleme gemacht?“

„Ihn hat gerade auf dem Weg von der Koppel hierher eine Monsterbremse gestochen. Echt, sowas Riesiges habe ich noch nie gesehen! Das muss heftig wehgetan haben, und er ist mir fast durchgegangen. – Ruuuhig, Blue, jetzt ist das Mistvieh doch weg!“

Aber Blue ließ sich keineswegs beruhigen, sondern schüttelte auch nach dem Anbinden noch mit dem Kopf und scharrte mit dem linken Vorderhuf. Der Hufschmied schaute ihn skeptisch an. „Wenn das mal gut geht ... Sollen wir erst jemand anderen vorziehen, und du versuchst ihn etwas ruhiger zu kriegen?“

Rick schüttelte den Kopf, die Lippen verbissen zusammengekniffen. „Das muss gehen. Vielleicht lenkt ihn das Beschlagen ja sogar ab, sodass er sich schneller wieder einkriegt.“

„Das werden wir ja sehen ...“, murmelte der Schmied skeptisch und nahm Blues vorderen linken Huf auf. Blue schnaubte, und Kat konnte richtig sehen, wie er sein gesamtes Gewicht auf die linke Seite brachte, sodass der Schmied den Huf sofort wieder loslassen musste.

„Ey!“, rief Rick und boxte seinem Pferd mit der Faust gegen die Schulter. „Hör auf damit!“

Blue begann wieder zu tänzeln und zog jeden Huf weg, sobald er angefasst wurde. Schließlich richtete sich der Schmied wieder auf und schüttelte den Kopf. „So geht das nicht. Früher oder später kriege ich einen Tritt ab, das muss ich nicht haben. Ich würde sagen, dass wir es nachher noch mal versuchen. Ist schon irgendein anderes Pferd parat?“

„Ja“, sagte Kat. „Jedenfalls ist meine Mutter schon so weit, die ist mit Otto auf dem Platz.“

„Ach, da gehörst du dazu. Dann hol sie doch bitte mal, ja?“

„Mach ich“, sagte Kat und flitzte zum Reitplatz hinüber, während Rick Blue wieder losmachte.

Sie rief nur schnell: „Mom! Du sollst gleich rüber, Otto kommt eher dran, weil Blue Ärger macht!“, dann rannte sie zurück, um Rick abzupassen, der gerade den Weg entlangkam. Hinter ihm reckte Blue immer noch den Kopf in die Luft und drückte den Rücken nach unten durch. Jetzt wieherte er auch noch laut.

Diesmal lächelte Rick nicht, sondern behielt seine gerunzelte Stirn auch bei Kats Anblick bei. „Ich weiß echt gerade nicht, was ich machen soll.“

„Tut ihm der Stich vielleicht noch weh?“, fragte Kat.

Rick biss sich auf die Lippen. „Schon möglich, obwohl ich eigentlich gleich was draufgeschmiert habe. Er ist normalerweise nicht allergisch auf Bremsen, so schlimm kann das eigentlich nicht mehr sein. Die Stelle ist auch nicht ungewöhnlich dick geworden oder so, hier, siehst du?“ Er deutete auf Blues Brust, wo unter Salbenresten tatsächlich nur eine kleine Schwellung zu sehen war.

Wieder wieherte Blue und riss den Kopf nach rechts oben. Rechts, da, wo die Weiden waren. Kat runzelte die Stirn. „Du, Rick?“

„Ja?“

„Vielleicht mache ich mich jetzt gerade zum Affen, aber – könnte es vielleicht helfen, wenn wir seinen Kumpel herholen?“

Rick blieb stehen und schlug sich die flache Hand an die

Stirn. „Mann, bin ich blöd! Auf die Idee hätte ich längst selber kommen müssen, die beiden sind ja ein Herz und eine Seele! Dieses Monstervieh hat mich auch ganz durcheinandergebracht. Hättest du Zeit, Aristo von der Koppel zu holen?“

„Klar“, sagte sie. „Wo finde ich denn sein Halfter?“

Rick erklärte es ihr, und kurz darauf stapfte Kat mit einem Halfter über der Schulter zu der mit dreifacher Stromlitze eingezäunten Koppel hinüber, auf der Blue zusammen mit Ricks altem Pony Aristo seinen Auslauf hatte.

Aristo schaute ihr entgegen und wieherte. Er war ein Schimmel mit etwas struppig aussehendem Fell, das mit Grasflecken übersät war. Kat hakte die Türgriffe auf, schlüpfte durch und schloss sie wieder hinter sich.

„Na du“, begrüßte sie das Pony. Es war etwa genauso groß wie Otto, also deutlich kleiner als Blue, und hatte einen richtigen Hängerücken. Sie ließ den Wallach an ihren Händen schnuppern, aber seine Nase wanderte zielsicher zu ihrer Hosentasche, um dort nach Leckerlis zu suchen. „Nee, heute hab ich nichts dabei. Du bist wohl mit Otto verwandt, was?“ Sie kraulte ihm die Stirn, und dann nahm sie das Halfter von der Schulter. Aristo ließ es sich willig anziehen und sich von der Weide führen.

Zuerst trottete er mit hängendem Kopf hinter ihr her und ließ sich regelrecht ziehen, aber dann ertönte noch einmal Blues trompetendes Wiehern, und Aristo hob den Kopf und spitzte die Ohren. Als sie um den Stall herumkamen und Rick und Blue auf dem Reitplatz in Sicht kamen, wurde das Pony sogar so schnell, dass Kat beinahe Mühe hatte, Schritt zu halten.

Gleich darauf standen die beiden Pferde Nase an Nase. Blue schnaubte.

„Klingt sehr zufrieden“, bemerkte Rick und ließ die beiden Pferde dabei nicht aus den Augen.

Kat brummte zustimmend. Und tatsächlich, Blue hörte mit

dem Herumtänzeln auf und blieb einfach ruhig stehen, wenn auch nach wie vor mit einer gewissen Spannung im Körper und ständig spielenden Ohren, während Aristo sehr schnell einen Hinterhuf entlastete, die Nase hängen ließ und zu dösen anfing.

„Na bitte", sagte Rick. „Gut, dass du da warst und mein ausgebremstes Gehirn ersetzt hast!"

Kat kicherte. „Ausgebremst – na, jetzt scheint es ja wieder zu funktionieren."

„Für blöde Witze braucht's ja nicht viel." Er grinste sie an.

„Auch wieder wahr. Und jetzt?"

„Jetzt warten wir ein paar Minuten, bis euer Otto fertig ist, und dann binden wir Aristo neben Blue an. Oder nee, das wird etwas eng – hast du noch Zeit und würdest ihn noch ein bisschen halten?"

„Klar."

Blue war inzwischen dazu übergegangen, freundschaftlich an Aristos Mähnenkamm zu knabbern. „Na bitte", sagte Rick zufrieden. „*When you are around, this mad old world stops spinning* ..."

„Hey, das ist einer meiner Lieblingssongs! Stehst du auf Alternative?"

„Ich stehe eigentlich auf alles, was ein bisschen anders ist."

Bildete sie sich das ein, oder schaute er sie dabei wirklich bedeutungsvoll an? „Kennst du schon das neue Album von *Sevendays*?", fuhr er dann aber fort, und alles war wieder normal.

Bald waren sie so in ihr Gespräch vertieft, dass der Hufschmied laut rufen musste, als er mit Otto fertig war. Kat folgte Rick und Blue mit Aristo zum Putzplatz hinüber, und nun konnte der Schmied tatsächlich einigermaßen ruhig Blues Hufe raspeln und neu beschlagen. Blue war weiterhin nervös, zappelte auch einige Male etwas herum, aber es war kein Vergleich zu vorher.

„Na siehst du, geht doch", sagte Rick und streichelte dabei

über die Nase seines Pferdes. Dann löste er den Strick und führte Blue vom Putzplatz.

„Willst du jetzt noch was mit Blue machen?", wollte Kat wissen. „Soll ich Aristo zurückbringen?"

Er schüttelte den Kopf. „Nein, mit den frisch beschlagenen Hufen reite ich nicht gleich, er soll sich erst mal an das andere Gehgefühl gewöhnen."

„Also Koppel?"

„Ja."

Nebeneinander gingen sie um den vorderen Stall herum, rechts und links von ihren Schultern jeweils ein Pferdekopf. Schön war das! Sie sprachen nichts mehr, aber es fühlte sich gar nicht blöd an, sondern irgendwie richtig gut.

„So", sagte Rick, als sie die Pferde auf die Koppel entlassen hatten und er den Zaun zuhakte. „Und was machen wir jetzt?"

Kat zuckte mit den Achseln und freute sich, dass er so selbstverständlich „wir" sagte.

„Was machst du eigentlich sonst noch gerne? Also, außer reiten?", fragte er.

„Hockey spielen, Inliner fahren, Krimis lesen und gucken. Musik hatten wir ja schon. Und du?"

„Neben dem Reiten bleibt mir eigentlich nicht so viel Zeit für andere Hobbys. Aber wenn ich mal Zeit habe, fahre ich auch total gerne Inliner. Können wir ja mal zusammen machen!"

Kat versuchte, nicht blödsinnig zu grinsen, aber so ganz konnte sie das Lächeln nicht verhindern, das sie überfiel. „Machen wir."

„Sollen wir dann mal Handynummern austauschen?"

„Machen wir auch", sagte Kat und zog ihr Handy hervor.

Sie diktierte ihm gerade die letzten Ziffern, da unterbrach ein lauter Ruf die gute Stimmung: „Kaathi!"

Oh nein, dachte Kat, *muss das jetzt sein?* „Moom!", stöhnte sie, als ihre Mutter in Sicht kam.

„Sorry! Soll ich's noch mal richtig machen und ‚Kaaahaaat' rufen, weil das so viel schöner klingt? – Wir müssen heim, ich hab vergessen, den Fisch aus dem Gefrierschrank zu nehmen, und es ist schon nach zwölf. Wenn wir jetzt nicht fahren, können wir auch gleich Kuchen essen."

Rick grinste. „Wäre nicht der schlechteste Plan, oder? Kuchen ist doch lecker!"

„Aber nicht als Hauptmahlzeit. Iss du mal eine Torte zum Mittagessen und sag mir dann, ob du das immer noch toll findest."

„Wahrscheinlich nicht. Käme aber auf die Torte an."

Kat fasste ihre Mutter am Arm. „Lass uns einfach fahren, Mom, ja? Ciao, Rick!"

Er lächelte ihr zu, und es sah nicht nach mitleidigem *Deine-Mutter-ist-peinlich*-Lächeln aus, was sie schon mal sehr beruhigte. „Wir sehen uns!"

„Auf jeden Fall!"

Mom hielt sich bis zum Auto zurück, dann ging es offenbar nicht mehr. „Aha, du und Rick, was? Bahnt sich da etwa was an?"

„Mooom!", sagte Kat nur wieder, und erstaunlicherweise reichte das schon.

„Bin ja schon still", sagte Mom und ließ den Motor an. Und weil sie tatsächlich während der Fahrt schwieg, konnte Kat noch einmal ganz in Ruhe alle Gespräche des Vormittags durchgehen. Vielleicht bahnte sich ja wirklich etwas an? Die Vorstellung machte ihr ein ganz flatterig-aufgeregtes Gefühl im Bauch.

***

„Frau Strickstrock bitte Kasse besetzen, Frau Strickstrock!"

Kat sah Helli an, und beide prusteten augenblicklich los.

„Was für ein Name", kicherte Helli japsend. „Den muss man erst mal unfallfrei aussprechen können!"

„Ja, der reinste Zungenbrecher. Aber die Frau, die die Durchsage gemacht hat, hatte den ja ziemlich gut drauf. Und es gibt natürlich viel schlimmere Nachnamen. Ich hab neulich mal im Internet ..."

„Lass es, Kat, das will ich lieber gar nicht wissen. Entweder sind sie versaut oder uralt, Rosa Schlüpfer und so. Hilf mir mal lieber, die Schrift meiner Mutter zu entziffern. Was heißt das hier? Ich lese irgendwas wie ‚Klatzfapen', das gibt keinen Sinn."

Kat konnte nicht verhindern, dass die nächste Kicherattacke sie überfiel. Erst danach konnte sie einigermaßen ernsthaft versuchen, den Einkaufszettel zu lesen, mit dessen Hilfe ihre beste Freundin den Familieneinkauf bewältigen sollte. „Katzenfutter vielleicht?"

Helli schaute sie vernichtend an. „Hast du bei uns schon mal eine Katze gesehen?"

„Vielleicht hat deine Mutter ihr Herz für streunende Katzen entdeckt? Oder nee, Moment mal, das könnte hier auch ein p sein – könnte das ‚Klopapier' heißen?"

Helli schlug sich an die Stirn und kicherte wieder. „Natürlich! Los komm, das ist da drüben. Da sind dann auch gleich die Papiertaschentücher, die stehen auch noch auf der Liste."

Nachdem sie erfolgreich auch die Hygieneartikel in den Einkaufswagen gepackt hatten, schoben sie ihn zur Kasse. Dabei kam man unweigerlich an der Zeitschriftenabteilung vorbei, und Helli versuchte eine Vollbremsung. „Lass uns noch ein bisschen stöbern, ich musste ja nichts Gefrorenes kaufen."

„Oh ja."

Natürlich war die relevante Ecke ihnen längst bekannt – das war die, in der sich Zeitschriften mit Namen wie *Cheval* oder *Reitsport aktuell* tummelten. In Kürze waren sie beide jeweils in eins dieser Hefte vertieft. Kat hatte sich die aktuelle *Western Horse Revue* geschnappt, aber die Fotos von Reiningpferden, die im Sliding Stop über Reitplätze schlitterten, erinnerten sie so an Rick, dass sie sich auf die Pferde gar nicht konzentrieren konnte. Vielleicht war sie ja wirklich in ihn verliebt? Dann sollte sie sich vielleicht andere Zeitschriften anschauen ... Kurzentschlossen legte sie die Pferdezeitschrift weg und trat einen Schritt zurück, dorthin, wo es eher *Popstar* und *Hallo!* hieß. Sie schaute auf die bunten Coverbilder von diversen Stars und Sternchen und las die Schlagzeilen. Und da, natürlich, in einer der Zeitschriften gab es sie tatsächlich: 15 *Super-Flirt-Tipps für Mädchen!*

Kat warf einen verstohlenen Blick auf Helli, die voll und ganz in der Pferdewelt versunken war, und nahm die Zeitschrift. „Ich geh schon mal vor und warte draußen auf dich, ja?"

Helli schaute hoch, und Kat gelang es nicht, die Zeitschrift rechtzeitig hinter dem Rücken zu verstecken oder wenigstens einzurollen.

„Die *Girlz*?" Helli starrte Kat entgeistert an. „Seit wann kaufst du denn diesen Quark? Deine Lieblingsbands sind da doch normalerweise nie drin – ist Alternative auf einmal so angesagt, dass du dir Poster an die Wand hängen kannst?"

„Nee. Und ich hänge mir keine Poster an die Wand."

„Sondern? Ach, ist diese Krimiserie jetzt in und es steht was über die Schauspieler drin?"

Kat war sehr in Versuchung, einfach ja zu sagen, aber dann schüttelte sie doch den Kopf. Schließlich war es noch nicht allzu lange her, dass sie sich entschieden hatte, tatsächlich zu Jesus gehören zu wollen, und der fände eine Lüge ganz bestimmt nicht gut.

Helli stellte die Pferdezeitschrift weg. „Was dann? Zeig mal."

Kat seufzte und hielt ihr die *Girlz* hin. „Mann, ich bin halt auch nur ein Teenager. Lass mich doch mal typische Teenie-Zeitschriften kaufen und typische Teenie-Themen lesen!"

Helli schaute sich das Cover an und betrachtete dann Kat mit schmalen Augen. „Okay, die Schminktipps und die Sommer-Styles sind es sicher auch nicht, was dich interessiert. Du willst mir jetzt nicht ernsthaft sagen, dass du das wegen der Flirt-Tipps kaufst, oder?"

„Doch. Und?"

Helli ließ die Zeitschrift sinken. „Kat!"

„Was denn? Meine Güte, es geht ums Flirten, nicht um Sex!"

„Und mit wem willst du flirten? Das interessiert dich doch jetzt nicht einfach nur theoretisch, oder?"

Kat griff nach der Zeitschrift. „Rick natürlich! Als ob du das nicht eh schon wüsstest. Jetzt gib schon her! Wenn es dich beruhigt, stelle ich das Ding zurück. Die Tipps helfen wahrscheinlich sowieso nicht. Nicht bei einem Westernreiter."

Helli schüttelte den Kopf und machte ein entsetztes Gesicht. „Das kannst du nicht machen, Kat! Ja, ich weiß, dass es dir nicht um Sex geht, aber was ist mit ihm? Jungs, die keine Christen sind, wollen doch immer nur das eine, wenn man ihnen erst mal zeigt, dass man interessiert ist!"

Langsam wurde es Kat zu bunt. „Also ehrlich, jetzt wirst du aber albern. Das glaubst du doch nicht im Ernst, oder?"

„Doch. Siehst du doch überall."

Kat hielt ihr die *Girlz* vors Gesicht. „Hier drin, ja! Aber doch nicht in Wirklichkeit!"

„Woher weißt du das?"

„Weil ..." Kat suchte nach Worten. „Weil es unlogisch wäre. Und weil ich nicht bereit bin, so schlecht von Menschen zu denken. Darum. Mal ganz abgesehen davon habe ich nicht vor, mich mit Rick in einem schummrigen Hotelzimmer oder sonst einer einsamen Gegend zu verabreden, um ihn dann mit Hotpants und weit ausgeschnittenem Shirt so weit zu bringen, dass er über mich herfällt. Was er sowieso nicht tun würde. Merkst du gar nicht, wie schwachsinnig das ist?"

„Und merkst du gar nicht, dass das, was du da vorhast, Gott nicht gefallen kann?“

War das so? Kat zögerte. „Wo steht denn in der Bibel: Du sollst nicht flirten?“

„Weiß ich jetzt auch nicht auswendig, aber es ist doch klar, dass Gott diese sexuellen Spielchen nicht möchte. Die Ehe ist immer was Heiliges!“

„Hallo? Ich will ihn doch nicht gleich heiraten! Aber ein bisschen gucken, ob man vielleicht zusammenpasst, das kann doch nicht verboten sein, oder?“

„Ob man zusammenpasst, merkt man aber nicht durch sexy Gucken oder dämliche Anmachsprüche aus einer Teenie-Zeitschrift!“

„Okay, du hast ja recht“, gab Kat zu und fügte im Stillen an: *Jedenfalls bei der letzten Aussage.* Demonstrativ stellte sie die *Girlz* zurück. „Und jetzt lass uns bitte von was anderem reden, ja? Und zur Kasse gehen, mir wird langsam kalt hier drin. Für klimatisierte Supermärkte ist mein Top doch etwas zu sommerlich.“

„Ja gut. Aber du versprichst mir, mal darüber nachzudenken und zu beten, ja?“

„Okay, versprochen.“ Das ließ sich jetzt sowieso nicht mehr vermeiden. Jedenfalls das mit dem Nachdenken. Das Beten vergaß Kat erschreckend oft, genauso wie ihr Bibelleseplan oft unberührt neben ihrem Bett liegen blieb. Daran hatte sich nach ihrer Entscheidung für Jesus im Frühling leider nicht so viel geändert. Eigentlich hatte sie ja gedacht, danach würde alles anders werden – davon erzählten doch so viele Leute! Aber bei ihr tat sich immer noch nicht mehr als vorher. Eine kurze Zeit lang war sie begeistert dabei gewesen, hatte abends lange Gebetszeiten eingeplant – aber durchgezogen hatte sie es doch selten. Daran sollte sie dringend mal wieder arbeiten, beschloss Kat. Und ja, wenigstens heute Abend würde sie mal mit Gott über die Sache mit Rick reden.

Sie half Helli noch, die Einkäufe nach Hause zu bringen, dann verabschiedeten sie sich. Als Kat kurze Zeit später in ihrem Zimmer das nun doch wieder verschwitzte Top gegen ein geringeltes T-Shirt austauschte, kam ihr in den Sinn, dass sie das mit dem Beten ja eigentlich auch gleich machen konnte. Dazu brauchte sie nicht auf den Abend zu warten, wo sie dann sowieso wieder darüber einschlafen würde. Also erklärte sie Gott kurz die Lage und bat ihn eindringlich, ihr zu zeigen, was richtig und gut war.

Aber es kam wie erwartet keine Stimme vom Himmel, und als sie die Bibel aufschlug, las sie etwas von der Zerstörung des Tempels durch Nebukadnezar. Das war zwar ganz interessant, aber ehrlich gesagt nichts, was sie auch nur mit der größten Fantasie als Antwort auf ihre Frage hätte interpretieren können. Sie seufzte, klappte die Bibel wieder zu und beschloss nach einem Blick auf die Uhr, das mit dem Nachdenken doch lieber auf abends im Bett zu verschieben. In knapp zehn Minuten lief eine neue Folge ihrer Lieblings-Krimiserie, und die wollte sie ungern verpassen.

***

„Was ist los, hast du keinen Hunger?"

Kat schaute von ihrem Teller hoch, auf dem sie gedankenverloren den Kartoffelbrei um die Fischstäbchen herum aufgehäuft hatte. Die Girlz-Geschichte von gestern ging ihr nicht aus dem Kopf. War es wirklich falsch, mit Rick zu flirten? Und was sollte sie ansonsten tun, wenn sie ihm wieder begegnete?

Mom schaute sie mit gerunzelter Stirn an. Kat seufzte. „Doch. Hab nur gerade über was nachgedacht." Demonstrativ beförderte sie eine Gabel voll Kartoffelbrei in den Mund.

„Aha", machte Mom. „Darüber reden willst du sicher nicht? – Dachte ich mir. Willst du noch Salat?"

Kat schüttelte den Kopf und verschob das Grübeln auf später. „Du, Mom?"

„Ja?"

„Reitest du heute?"

Mom nickte, den Mund voller Salat. Als sie wieder sprechen konnte, fügte sie hinzu: „Das heißt, eventuell wollte ich nur etwas Bodenarbeit machen. In dem neuen Buch sind einige echt tolle Übungen drin, die wollte ich ausprobieren. Willst du mit?"

„Auf jeden Fall – Bodenarbeit wollte ich schon länger mal lernen, und bisher hab ich dir dabei nie richtig zugeguckt. Erklärst du mir dann auch ein bisschen was?"

Mom strahlte. „Gerne doch. Ach, Kat, weißt du eigentlich, wie sehr ich mich immer noch darüber freue, dass du auch dein Herz für Pferde entdeckt hast?"

„Ja, weiß ich. Bei dir ist so was schlecht zu übersehen oder zu überhören", erwiderte Kat und grinste.

„Ach ja, deine Mutter, der gläserne Mensch. Apropos Glas: Wenn du selbiges leer getrunken und zusammen mit dem Rest des Geschirrs in die Spülmaschine geräumt hast, können wir gleich losfahren. Mittags ist die Chance immer am größten, dass man Halle oder Platz für sich hat."

Als Kat ihren Orangensaft auf ex getrunken hatte, schüttelte Mom nur den Kopf. „So hatte ich das nun auch nicht gemeint. Du hast es aber eilig ..."

Kat zuckte nur mit den Achseln und stellte die Teller zusammen.

Kurze Zeit später waren sie auf dem Weg. Es war immer noch drückend heiß und schwül draußen, und der Weg zum Stall war zu kurz, als dass die sowieso nur noch sporadisch funktionierende Klimaanlage im Froschauto noch viel bewirken konnte. Entsprechend kamen sie bereits nass geschwitzt am Stall an. Es standen kaum Autos auf der geschotterten Parkfläche.

„Puh, ist das ein Wetter", stöhnte Mom beim Aussteigen.

„Ich glaube, da ist das mit der Bodenarbeit wirklich eine gute Idee. Richtig zu reiten wäre ja heute sowohl für Otto als auch für mich eine Qual. Im Grunde war es natürlich auch blödsinnig, ausgerechnet in der Mittagshitze herzukommen."

„Ist Bodenarbeit nicht anstrengend?", wollte Kat wissen.

„Doch, schon. Aber es kommt vor allem darauf an, was man macht. Wenn man nicht gerade traben lässt, ist es mehr für den Kopf als für den Körper anstrengend. Und wir machen heute eben mehr Schrittarbeit: Führen üben, ein paar Wendungen, ein paar Schrittstangen und so was. Das Misten verschiebe ich jedenfalls auf danach – wenn ich jetzt miste, bin ich danach fix und fertig."

„Ich helfe dir auch", bot Kat großmütig an.

„Danke dir", sagte Mom. Inzwischen hatten sie die Koppeln erreicht, auf denen die Pferde in kleinen Gruppen von zwei bis sechs Pferden den Sommer verbrachten. Auf jeder davon gab es einen Unterstand, in dem die Pferde sich vor Wind und Wetter oder wie jetzt vor der Sonne schützen konnten. Auf manchen, unter anderem auch auf der von Ottos Herde, gab es auch einen oder mehrere Bäume, die zusätzlich Schatten spendeten. Dort standen sie alle fünf, die Köpfe gesenkt und jeweils möglichst nah am hin und her schlagenden Schweif eines anderen Pferdes, um ein wenig Schutz vor den lästigen Fliegen und Bremsen zu bekommen. Toast hatte seinen Kopf regelrecht in Ottos dichten Schweif hineingesteckt, und Flora kratzte sich gerade ausgiebig mit den Zähnen am rechten Vorderbein.

„Das müsste man eigentlich fotografieren und ‚Sommer' darunterschreiben", sagte Kat.

„Oder auch ‚Hitzewelle'." Mom ächzte und wischte sich mit dem T-Shirt den Schweiß von der Stirn. „Na, mal sehen, wie viel Lust Otto hat, sich überhaupt wegzubewegen."

Tatsächlich, Otto drehte sich weg, als sie mit dem Halfter nähertrat – aber zum Weglaufen war es dann wohl auch wieder zu heiß. Schicksalsergeben trottete er hinter Mom her, aber auch keinen Schritt schneller als unbedingt notwendig. Mom riss sich fast den Arm aus, und ihr energisches „Komm schon, Otto, lass dich nicht so ziehen!" machte ihn auch nicht flotter.

Der Putzplatz lag glücklicherweise so, dass sogar um diese Uhrzeit wenigstens die Anbindestange, die direkt am Stallgebäude befestigt war, im Schatten lag. Otto ließ sich zuerst sehr schwer überreden, seinen linken Vorderhuf zu geben, damit Kat ihn auskratzen konnte, während Mom ihn striegelte. Als Kat zu seinem linken Hinterhuf kam, erwartete sie, dass er sich ähnlich schwer machen würde, aber sie wurde überrascht. Stattdessen zog er nämlich den Huf heftig hoch und zappelte dann so lange damit herum, bis sie ihn wieder loslassen musste.

„Was ist denn jetzt los?", keuchte sie.

„Ich weiß auch nicht. Er ist auf einmal so unruhig!"

Kat richtete sich auf und schaute nach Ottos Kopf. Tatsächlich, der schläfrige Ausdruck von eben war verschwunden, die Ohren drehten sich unruhig von hier nach dort, und er schnaubte.

„Oha!" Mom deutete in Richtung der Koppeln. „Da braut sich was zusammen. Darum!"

Tatsächlich, eine schwarze Wolkenwand breitete sich am Horizont aus, und die Sonne verschwand schon einmal vorsorglich unter diesigen Schleiern.

„Damit stellt sich jedenfalls nicht mehr die Frage, ob wir in die Halle oder auf den Platz gehen sollen", stellte Mom fest.

Kat klopfte Otto auf den Hals. „Da hörst du's, Ottolein, die Hufe müssen also trotzdem ausgekratzt werden, Gewitter hin oder her." Mit viel Mühe und ein klein wenig Herzklopfen schaffte sie es schließlich doch noch, alle Hufe auszukratzen.

Mom hatte in der Zwischenzeit eine Gerte und einen langen Strick aus ihrem Spind in der Sattelkammer geholt, den sie nun an Ottos Halfter befestigte. „Na, dann wollen wir mal."

Ottos Trägheit war wie weggeblasen. Statt sich ziehen zu lassen, hing er nun mit der Nase dicht an Moms Schulter, den Kopf hoch erhoben und mit gespitzten Ohren.

Als sie um den Stall herumkamen, fegte ihnen ein plötzlicher Windstoß Staub vom Weg ins Gesicht. Kat bekam gleich etwas davon ins Auge. Während sie noch versuchte, die kratzenden Körnchen aus ihrem Auge zu reiben, hörte sie Mom „Ruuuhig" sagen und blinzelte zu ihr hinüber. Tatsächlich, Otto tänzelte nervös – das hatte sie wirklich noch nie gesehen! Seine Nüstern waren weit geöffnet, die Augen aufgerissen, und er hob die Hufe so hoch, wie man es beim Reiten selten hinbekam. Trotz seines Übergewichts sah er dabei fast ein wenig elegant aus.

„Also, wenn die Halle nicht frei sein sollte, bringen wir ihn am besten gleich in die Box", sagte Mom. „Auf dem Platz mache ich jetzt nichts mehr."

„Meinst du, das gewittert lange?"

Mom zuckte mit den Achseln. „Meist ziehen diese Sommergewitter schnell auf und wieder ab. Wir werden's sehen."

Die Halle war tatsächlich frei. Kühler war es hier drin natürlich keineswegs, auch wenn jetzt immer wieder der Wind durch die offene obere Hälfte des Hallentores hereinfegte. Aber noch brachte der Luftzug keine Abkühlung, sondern erinnerte eher ans Haareföhnen.

„So", sagte Mom. „Zum Aufwärmen fangen wir erst mal mit ein bisschen Führen an."

Kat grinste. „Also, ich würde mich ja lieber abkühlen als aufwärmen."

„Die Muskeln sollen sich aufwärmen, nicht Otto", erklärte Mom ernsthaft.

„Das war ein Witz, Mom!"

„Ach so. Sorry. Ich glaube, mein Gehirn ist heute zu gekocht, um Witze zu verstehen. – So, magst du mal? Wie man führt, weißt du ja. Aber diesmal soll er nicht nur irgendwie hinter dir herlatschen, sondern auf dich achten. Sein Kopf darf ruhig fast neben deiner Schulter sein, damit du auch sehen kannst, was er macht. Rechts ein Stück unter dem Halfter fassen und links den Rest des Strickes. Und den Strick nicht aufwickeln, dann könnte er sich im Falle eines Falles um deine Hand zusammenziehen, und dann ist dein Handgelenk Brei. Stattdessen legst du ihn dir in langen Schlaufen zusammen und fasst ihn in der Mitte, sodass du zwei Hasenohren hast."

Kat kicherte ein wenig über die Hasenohren, dann drückte ihr Mom die Gerte in die Hand. „Falls er nicht losgehen will, tippst du ihn damit hinten an, und wenn er dich überholt, kannst du sie vor ihm als Barriere auf und ab bewegen. So, dann mal los."

„Komm, Otto!", sagte Kat, aber Otto blieb stehen. Kat zog ein wenig, aber Mom hielt sie zurück: „Lass ihn, er muss erst mal äppeln."

Tatsächlich, sein Schweif hob sich gerade. Als er fertig war, zupfte Kat noch einmal am Strick, und diesmal folgte Otto ihr durch die Halle. Sein Kopf war ganz von allein dicht bei ihr, und er hielt ihn höher als sonst. Ab und zu tänzelte er sogar mit den Hinterbeinen ein Stück seitwärts.

Kat ließ mit der rechten Hand den Strick los und legte ihm die Hand auf den Hals. „Na na, ist ja gut."

In diesem Moment donnerte es zum ersten Mal, noch recht weit weg, aber Otto sprang erschrocken zur Seite. Kat rutschte der Strick durch die Hand und fiel zu Boden. Zum Glück blieb Otto aber gleich wieder stehen, den Kopf hochgereckt und die Nüstern geweitet.

Mom griff schnell nach dem Strick. „Ach du liebe Zeit, jetzt habe ich mich mindestens genauso erschreckt wie Otto. Weißt du was? Das hat heute, glaube ich, keinen Zweck. Wir könnten das natürlich versuchen durchzuziehen, aber ehrlich gesagt sehe ich darin keinen Sinn. Otto hat keine Nerven dafür, also lernt er sowieso nichts, bei Angst kann man nichts mehr verarbeiten. Und uns macht das so auch keinen Spaß, oder? Wärst du sehr enttäuscht, wenn wir es dabei belassen?“

Kat klopfte immer noch das Herz heftig gegen den Brustkorb, und sie schüttelte den Kopf. Mom hakte den Strick aus und machte eine auffordernde Bewegung. „Na, dann kannst du dich wenigstens ein bisschen wälzen oder so, mein kleiner Angsthase. Laufbedürfnis hast du ja wahrscheinlich kein sonderliches bei der Hitze. Währenddessen räume ich deine Hinterlassenschaften weg.“ Sie holte sich den Bollensammler vom Rand der Halle und harkte Ottos Äppelhaufen auf. Otto bewegte sich unruhig ein paar Schritte und blieb dann wieder stehen, immer noch in Alarmbereitschaft. Normalerweise wälzte er sich gern auf dem sauberen Sand, aber heute schien er dafür kein Interesse zu haben.

Kat ging zur Tür hinüber. Draußen war der Wind inzwischen immer stärker geworden, und die Sonne war völlig hinter schweren, dunklen Wolken verschwunden. Aber noch regnete es nicht. Auf einmal spürte Kat eine Bewegung neben sich, und als sie sich umdrehte, sah sie Ottos dicken Kopf neben sich auftauchen. Er schaute genau wie sie hinaus. Sie legte ihm die Hand auf die dichte Mähne und kraulte ihn dort. Er schnaubte, und es klang ein wenig entspannter, fand sie.

Jetzt fielen draußen die ersten dicken Tropfen und hinterließen dunkle Flecken auf dem Pflaster vor der Halle. Und dann ging der Platzregen los. Es donnerte wieder, aber diesmal zuckte Otto nur ganz leicht und blieb neben Kat stehen. Als Mom zu ihnen trat, war es richtig finster geworden. „Wenn wir jetzt rausgehen, werden wir patschenass.“

„Dann bleiben wir doch einfach noch hier“, schlug Kat vor. „Ich finde es gerade toll, hier zu stehen. Als ob wir drei allein auf der Welt wären, und die geht gerade unter, und wir sitzen in der Arche Noah und schauen dabei zu.“

„Stimmt, die Stimmung ist schon besonders ... Hoffen wir also, dass keiner kommt und reiten will, solange es so gießt.“

Also standen sie weiterhin dort an der Tür. Der Reitplatz und die Ställe verschwanden hinter dichten Wasserschleiern. Ab und zu wehte ihnen der böige Gewitterwind ein wenig Regen ins Gesicht, dann traten sie einen Schritt zurück, bis er wieder gedreht hatte. Das Wasser prasselte auf das Hallendach und plätscherte irgendwo auf das Pflaster herunter. Kat hörte Otto neben sich atmen und fühlte seine Körperwärme, während ihre Finger unablässig seinen Hals kraulten. Es war eine magische Stimmung.

Und dann wurde langsam das Regengeräusch auf dem Dach leiser, und die Umgebung erschien aus dem Dunst. Die Luft war ein bisschen kühler geworden, das war eine Wohltat. Allerdings blitzte und donnerte es nach wie vor, wahrscheinlich war es nur eine kurze Regenpause.

Mom holte Luft, um etwas zu sagen, aber dann hielt sie inne, und nun hörte Kat es auch: das metallische Geräusch von beschlagenen Hufen auf dem Pflaster, das sich der Halle näherte. Otto spitzte die Ohren, schnaubte und trat einen Schritt vor, bis er den Kopf über das Tor legen konnte. Kat stellte sich auf die Zehenspitzen und versuchte, an seinem großen Schädel vorbei nach rechts zu schauen.

Jemand prustete los. Otto bewegte den Kopf, und nun sah Kat, dass das herankommende Pferd kein anderes als Blue war, gesattelt und gezäumt an Ricks Seite. Er grinste breit. „Da kriegt ja die Aufforderung ‚Tür frei‘ eine viel praktischere Bedeutung! Wie ihr beide da drüber hängt – warte mal, das solltest du sehen!“ Er zückte sein Handy und machte ein Foto.

„Tss“, machte Mom, wartete aber, bis er fertig war, und hakte dann erst den Strick wieder in Ottos Halfter. Kat öffnete das Tor, und sie verließen die Halle. Inzwischen fielen tatsächlich nur noch einzelne Tropfen vom Himmel. Draußen hielt Rick ihr das Handy entgegen, und Kat konnte nicht anders als loszukichern. Es sah wirklich zu komisch aus, wie Ottos blonder und ihr granatroter Schopf über das Tor hinweglugten. Mom war dahinter gar nicht zu sehen.

„Das musst du mir mal schicken“, bat sie.

Er steckte das Handy weg. „Mach ich nachher gleich.“

„Kat? Ich gehe schon mal vor“, sagte Mom.

„Okay.“ Kat schaute zu den Wolken auf, die nur direkt über ihnen ein wenig lichter aussahen. „Du, Rick, da kommt aber noch was nach. Willst du jetzt wirklich reiten?“

Rick zuckte mit den Achseln. „Blue ist nicht sonderlich schreckhaft, der kann das ab. Ich muss trainieren, am Samstag ist Turnier, da mag ich nicht einfach einen Tag auslassen. Und dumm rumstehen und warten, bis das Gewitter vorbei ist, auch nicht.“

Kat beobachtete Blue, der zwar nicht herumtänzelte, aber dessen Ohren doch lebhaft spielten. Der Hengst trug seinen Kopf recht hoch, um seine Umgebung im Blick behalten zu können. Ob er heute etwas lernen konnte?

„Wo ist das eigentlich, das Turnier?“, fragte sie schließlich, um das Gespräch nicht abreißen zu lassen.

„Ganz in der Nähe, in Dettelsberg, WVD mit RSV-Prüfungen. Sehr praktisch, da braucht man nicht zu übernachten, sondern kann morgens hin und abends zurück.“

Blue begann mit dem Huf zu scharren, und Rick drehte sich mit einem missbilligenden „Ey!“ zu ihm um und ließ ihn einen Schritt rückwärtsgehen. Dann wandte er sich wieder Kat zu. „Du, ich muss dann mal, sonst hat er gleich gar keine Lust mehr. Man sieht sich!“

„Ciao, und viel Erfolg am Samstag!“, wünschte Kat.

„Danke!“ Rick lächelte ihr kurz zu und verschwand mit seinem Pferd in der Halle.

Einen Augenblick lang überlegte Kat, ob sie ihm beim Training zuschauen sollte, aber dann erinnerte sie sich daran, dass sie Mom versprochen hatte, beim Misten zu helfen. Und vor allen Dingen fielen die Regentropfen bereits wieder in dichteren Abständen. Wenn sie jetzt hierblieb, kam sie erst in der nächsten Regenpause wieder weg. Mom und Otto verschwanden gerade im Stall, und Kat beeilte sich, hinterherzukommen.

3. Kapitel

... enthält noch mehr Cowboys, Schimmelspray und viel Blingbling.

Das Handy klingelte in genau dem Moment, als die ahnungslose Frau des Kommissars am offenen Fenster stand und über ihre Eheprobleme nachdachte, während der nach Rache dürstende entflohene Mörder im gegenüberliegenden Haus sein Gewehr aus der Sporttasche nahm. Ein Schrillen ertönte. Kat fuhr regelrecht in ihrem Bett hoch und schlug dabei versehentlich das Buch zu.

„Helli!“, japste sie, als sie den Anruf angenommen hatte. „Musst du ausgerechnet an der spannendsten Stelle anrufen? Ich wäre gerade fast vor Schreck gestorben!“

Helli kicherte. „Du und deine Krimis! Na, aber wenigstens hab ich dich nicht aufgeweckt, ist ja erst kurz nach neun ...“

„Warum rufst du überhaupt an? Wir sehen uns doch nachher – oder nicht?“

„Leider nicht.“ Helli seufzte. „Mama behauptet, sie hätte mir sehr wohl gesagt, dass wir heute zu Tante Ruth fahren, und zwar schon zum Mittagessen. Ich weiß zwar nichts davon, aber ist ja jetzt auch egal, jedenfalls kann ich deswegen heute doch nicht kommen. Dieses Jahr lohnt sich die weite Fahrt, weil ihr Geburtstag nun mal auf einen Samstag fällt.“

„Ach Mist“, sagte Kat. „Dabei hatte ich mich so auf gemütliches Abhängen mit dir gefreut!“

„Tja, ich auch, aber da kann man nix machen. Außerdem mag ich Tante Ruth, und die Feier wird bestimmt wieder nett. – Du, ich muss jetzt Schluss machen, wir wollen los."

„Na, dann gute Fahrt und eine schöne Feier – hoffentlich kriegst du wenigstens leckeren Kuchen!"

„Garantiert, Tante Ruth backt total gern. Bis morgen im Gottesdienst dann!"

„Ciao!"

Kat legte das Handy auf den Nachttisch, nahm den Krimi wieder auf und suchte nach der richtigen Seite – aber es drängte sie auf einmal gar nicht mehr so, zu erfahren, was als Nächstes passierte. Stattdessen fragte sie sich, was sie nun mit dem Tag anstellen könnte. Ob sie zum Stall fahren sollte, um nachzuschauen, ob Rick da war? Ach nein, der war ja heute auf diesem WSRV-Dings-Turnier. Wie hieß das noch mal richtig? Und hatte Rick nicht gesagt, dass das ganz in der Nähe stattfand? Eine Idee formte sich in Kats Gehirn.

Mit einem Hauch Aufregung im Bauch warf sie das Buch auf den Nachttisch und holte sich stattdessen ihren Laptop. Gleich das erste Ergebnis der Suche nach „Dettelsberg" und „Westernturnier" war die Website des WVD, und Kat erfuhr, dass das für „Western-Verband Deutschlands" stand. Das Turnier in Dettelsberg hatte schon begonnen, ging aber noch bis zum Abend. Eine Prüfung nach der anderen war auf dem Programm aufgeführt. Jedenfalls nahm sie an, dass es alles Prüfungen waren; die merkwürdigen Abkürzungen und englischen Begriffe hätten auch elektrische Schaltpläne sein können. Was sie erkennen konnte, war jedenfalls, dass diese RSA-Prüfungen ab dreizehn Uhr stattfanden. Den Rest würde sie ja dann schon sehen – falls sie irgendwie dort hinkam. Gespannt rief sie den Fahrplan der städtischen Verkehrsgesellschaft auf und sagte laut „Yes!", als das Ergebnis der Suche erschien. Die Busse fuhren nicht sehr häufig und sie brauchten über eine Stunde bis

Dettelsberg, aber sie fuhren immerhin. Der nächste in vierzig Minuten – wenn sie sich beeilte, schaffte sie es bis dahin zur Bushaltestelle.

Noch im Schlafshirt rannte sie die Treppe hinunter. Ihre Eltern saßen beim Frühstück. Kat behielt die Türklinke gleich in der Hand. „Morgen! In Dettelsberg ist heute ein Westernturnier, und ich könnte da bequem mit dem Bus hinfahren. Zurück käme ich auch gut, ich wäre dann spätestens um halb sechs wieder hier. Darf ich? Bitte?"

„Wie, ganz alleine?", wollte ihr Vater wissen.

„Ja, ganz alleine. Helli fährt heute auf die Geburtstagsfeier ihrer Tante, und sonst wüsste ich niemanden, mit dem ich sowas machen könnte. Ist doch nichts dabei!"

Ihre Eltern schauten sich an. „Alt genug, um alleine Bus zu fahren, ist sie ja wirklich", stellte Mom fest. „Und ein Reitturnier ist auch kein gefährliches Pflaster. Was denkst du, Andreas?"

„Meinetwegen. Aber wir holen dich auch wirklich nur im Notfall ab, okay? Und du steigst nicht zu irgendwelchen fremden Leuten ins Auto oder in die Pferdebox oder so!"

Kat verdrehte die Augen. „Nein, Papa, ich bin ja nicht blöd! Und auch kein Kindergartenkind, das alleine zum Spielplatz will!"

„Jaja, schon gut. Ich hab halt nur eine Tochter, und die will ich gerne behalten. Dann zisch ab, und viel Spaß!"

„Danke!" Kat rannte die Treppe wieder hoch, bevor Mom noch auf die Idee kam mitzukommen. Ihr erstes Turnier wollte sie allein erleben – vor allem, falls sie Rick begegnen sollte.

Sie duschte in Rekordtempo und überlegte, was sie anziehen sollte – man wollte ja schließlich nicht negativ auffallen! Schließlich entschied sie sich für eine einfache Jeans mit schicken Abriebstellen, damit konnte man wenigstens wirklich nichts falsch machen. Nach dem Gewitter war es wechselhaft geblieben und dementsprechend nicht mehr so heiß wie am

Donnerstag, da würde sie es mit der langen Hose schon aushalten können. Dazu ein grün-weiß geringeltes Top und ihre Federohrringe – fertig. Noch zehn Minuten, bis der Bus fuhr, das war zu schaffen. Sie schnappte sich die bunte Schultertasche, stopfte Handy, Haustürschlüssel und Portemonnaie hinein, schlüpfte unten nach kurzer Überlegung doch lieber in die Schnürstiefel und nicht in die Sandalen und beeilte sich, zur Bushaltestelle zu kommen.

Natürlich schwitzte sie, als sie gleichzeitig mit dem Bus dort ankam, aber das war es wert gewesen, und drinnen lief zum Glück die Klimaanlage.

***

Dettelsberg war nicht gerade groß. Als der Bus am Ortsrand hielt, entdeckte Kat sofort den Hof, auf dem das Turnier stattfand. Ein altes U-förmiges Gebäude schien sich vor dem Ansturm der Menschen und Pferde zu ducken, die überall herumwuselten. Daneben gab es eine große, moderne Reithalle und einen Reitplatz, auf dem schon fleißig geritten wurde.

Als Erstes erkundete Kat den Innenhof. Auch hier war alles voller Menschen. Mehrere Tische mit Sonnenschirmen standen herum, an denen Getränke und Snacks verkauft wurden. An einer Hofseite war ein langer Stand aufgebaut, an dem man Sättel, Cowboystiefel, Zäumungen, Sattelpads, schrillbunte Hemden und anderes Zubehör kaufen konnte. Aber da würde sie sich später in Ruhe umschauen, zuerst wollte sie ein wenig auf dem Gelände herumbummeln und sich dann natürlich vor allem die Prüfungen in der Reithalle ansehen.

Rund um die Anlage waren mit Elektrozaun kleine Paddocks abgesteckt und ab und zu auch Zelte aufgebaut. Daneben standen viele Pferdeanhänger. Kat schlenderte durch die Gassen zwischen den Paddocks und versuchte, so viel Turnieratmosphäre wie möglich aufzunehmen. Überall liefen Leute herum, mit Pferd am Führstrick, auf dem Pferd, ohne Pferd. Auch in den Paddocks standen noch einige Pferde, dösten, fraßen oder wurden hingebungsvoll geputzt. Rick und Blue konnte sie allerdings nirgends entdecken.

Schließlich kam sie zu den Gebäuden zurück. Erst von hier aus bemerkte sie, dass sich an die Reithalle eine Stallanlage mit Paddockboxen anschloss. Ob es darin genauso aussah wie daheim? Neugierig trabte sie hinüber.

Als Kat um die Ecke des Gebäudes herumging, um einmal auf die Rückseite zu schauen, fand sie sich plötzlich Auge in Auge mit einem weißen Pferdekopf wieder.

„Hua!“, machte sie und stolperte zurück, während das Pferd ebenso erschrocken den Kopf hochriss, dass die dicke Mähne flog.

Jetzt erst sah Kat, dass weder ein Reiter auf seinem Rücken saß noch am anderen Ende des Anbindestricks jemand war. Es trug ein Halfter, und sein Anbindestrick schleifte am Boden.

„Meine Güte, hast du mich erschreckt! Was machst du denn hier? Bist wohl abgehauen, was?“ Vorsichtig ging Kat auf das Pony zu. Ja, ein Pony war es wirklich, nicht nur nach Westernreiter-Maßstäben, die ja selbst die größten Pferde Pony nannten. Es war noch kleiner als Otto, hatte einen typischen Ponykopf, einen langen, dichten Schweif und eine ebenso dichte Mähne, dazu einen Stirnschopf, unter dem die Augen fast verschwanden. Als Kat näher herankam, wich es aus und trat dabei geschickt um den hängenden Strick herum.

„Sieht aus, als würdest du das öfter machen“, bemerkte Kat und folgte dem Pony. Es ging seitwärts weg von ihr, dabei schleifte der Strick ihm nach. Kurzentschlossen machte Kat einen größeren Schritt und trat darauf. Der Rest des Strickes spannte sich, und sobald das Pony den Druck spürte, blieb es stehen. Langsam griff Kat nach dem Strick. Hoffentlich wurde der kleine Schimmel jetzt nicht nervös und riss daran oder stieg gar! Aber nichts dergleichen passierte. Ganz ruhig blieb das Tier stehen.

„Braaav“, sagte Kat und betrachtete es noch einmal mit gerunzelter Stirn. „Irgendwie habe ich ja das Gefühl, ich kenne dich ... Na, jetzt wollen wir erst mal sehen, wo du hingehörst. Komm!“

Als sie entschlossen losging, folgte ihr das Pony tatsächlich. Sie wusste zwar nicht, wohin sie es bringen sollte, aber die Richtung, aus der es kam, konnte vermutlich nicht total verkehrt sein. Der Schimmel trottete ganz friedlich neben ihr her und sah ziemlich niedlich aus.

Sie waren noch nicht weit gegangen, als ihnen eine blonde junge Frau entgegenkam und den Anblick von Kat und Pony mit „Ach, da ist er ja!“ und einem breiten Lächeln kommentierte. Kat hielt ihr den Strick entgegen.

„Alter Ausbrecherkönig!“ Die Frau kraulte dem Schimmel die Stirn und strahlte Kat an. „Vielen Dank fürs Einfangen! Ich habe echt keine Ahnung, wie er wieder den Knoten aufbekommen hat.“ Dann legte sie den Kopf ein wenig schief und kniff die Augen zusammen. „Sag mal – ich kenne dich doch! Bist du nicht Silkes Tochter?“

„Bin ich, ja – Kat. Stimmt, das Pony kam mir gerade schon ein bisschen bekannt vor ...“

„Dann liegt das wohl daran, dass wir uns am gleichen Stall tummeln. Das Pony heißt übrigens Faxi, und ich bin Sarah. Du bist aber nicht mit Otto hier, oder?“

Kat grinste. Otto auf einem Turnier – das war eine sehr merkwürdige Vorstellung. „Nein, ich bin bloß Zuschauerin. Ich habe ja erst im Frühjahr angefangen mit dem Reiten. – Was ist denn Faxi für eine Rasse?“

„Ein Isländer!“ Sarah drehte sich um. „Du, ich muss mal zurück zum Putzplatz, sonst werde ich nicht mehr fertig – wenn du magst, kannst du aber gerne mitkommen, dann können wir uns noch weiter unterhalten. In einer knappen Stunde ist unsere Pleasure-Prüfung, und Faxi konnte sich mal wieder nicht beherrschen und musste sich sofort in seinem eigenen Mist wälzen, kaum dass er auf dem Paddock stand. Ich weiß schon, warum ich eigentlich immer auf keinen Fall einen Schimmel haben wollte." Sie strich noch einmal über Faxis Hals und setzte sich mit dem Pony in Bewegung.

Kat folgte ihr. „Und warum ist es dann doch einer geworden?"

„Weil es halt einfach passte. Vielleicht kennst du den Spruch schon: Ein gutes Pferd hat keine Farbe. Man kauft ja kein Auto, sondern einen Partner, da ist die Farbe nun wirklich Nebensache. Auch wenn das bedeutet, dass man sich manchmal halbtot putzt und trotzdem noch ein schmutziges Pferd hat. Ich war gerade am Auto, um das Schimmelspray zu holen, als er sich losgebunden hat."

„Schimmelspray?", platzte Kat entsetzt heraus. „Aufs Pferd? Ist das nicht total giftig? Da ist doch Chlor drin!"

Sarah lachte. „Doch nicht Schimmelspray fürs Bad! Ein spezielles Reinigungsspray fürs Fell meine ich, eben besonders für Schimmel, damit die wieder weiß werden."

„Ach so." Jetzt musste Kat selbst kichern.

Faxi trottete brav neben Sarah her, als würde er nie etwas anderes tun. Sein dichter Schopf wippte über seinen Augen auf und ab. „Du, sag mal – Isländer sind doch eigentlich nicht die typischen Westernpferde, oder?", fragte Kat. „Bist du ihn von Anfang an Western geritten?"

Sarah schüttelte den Kopf. „Anfangs war ich sogar auf Islandturnieren, wo es speziell um die Sondergangarten der Rasse geht – aber Faxis Tölt ist nicht besonders gut, und ich fand die Rennerei auf Dauer auch irgendwie langweilig. Also habe ich mich nach Alternativen umgesehen, das Trailreiten entdeckt und dann so nach und nach auch die anderen Disziplinen für uns erobert. Gleich reite ich eine Pleasure und nachher noch eine Horsemanship. Aber im Tölt reite ich Faxi natürlich auch noch, nur nicht auf Turnieren."

Inzwischen hatten sie Faxis Box erreicht, und Sarah band ihr Pony an den Metallstangen des Paddocks an. Den Knoten zog sie noch einmal extra fest. „Damit du nicht wieder auf dumme Gedanken kommst, kleines Mistvieh", sagte sie in zärtlichem Tonfall und kraulte Faxi an den Ohren.

In diesem Moment rief jemand von der Seite: „Sarah! Da seid ihr ja! Wo wart ihr denn? Ich hab euch schon überall gesucht!" Es war ein schlankes, ziemlich großes Mädchen, vielleicht etwas älter als Kat. Ihre glatten, dunkelbraunen Haare fielen ihr bis auf die Schultern und waren an beiden Seiten mit kleinen Zöpfchen aus dem Gesicht geflochten. In einem Ohr trug sie eine Ethno-Spirale, und in den Händen hielt sie zwei Colaflaschen.

„Er hat sich mal wieder selbst befreit. Ich sollte ihn als Entfesselungskünstler im Zirkus anmelden", sagte Sarah. „Kat, das ist Mia, meine Reitbeteiligung, falls ihr euch noch nicht kennt."

Mia reichte Sarah eine der Flaschen und wandte sich Kat zu. „Hi! Bist du hier zum Reiten?"

Kat schüttelte den Kopf. „Nein, nur zum Zugucken."

„Aber Western reitet ihr schon, deine Mutter und du, oder?", wollte Sarah wissen.

„Äh", machte Kat. „Ich glaube schon. Also, wir nehmen jedenfalls bei Anne Unterricht, und die ist ja vor einiger Zeit auch noch bei Westernturnieren geritten. Aber wir sind noch nicht so weit wie ihr – Otto lernt auch erst noch, der ist bei seiner Vorbesitzerin nur rumgelatscht."

„Und möchtest du mal Turniere reiten, wenn du weiter bist?", fragte Mia.

Kat hob die Schultern. „Ehrlich gesagt: Da habe ich mir bisher noch gar keine Gedanken drüber gemacht."

„Na, du kannst ja einfach mal ausprobieren, ob es dir Spaß macht", sagte Sarah. „Ansonsten ist es ja auch ein schönes Ziel, einfach entspannt ausreiten gehen zu können oder Wanderritte zu machen. Da muss man sich nicht schon von vornherein festlegen. – So, und jetzt zu diesem Mistfleck des Grauens."

Damit begann das große Putzen. Kat hätte gern geholfen, aber zu dritt konnte man nun wirklich nicht am Hintern eines Pferdes herumreiben, also blieb sie nur daneben stehen und sah zu. Der Fleck ließ sich auch mit dem speziellen Spray nur schwer aus dem Fell bürsten, aber am Ende war er zumindest blasser geworden.

„Puh", machte Sarah und wischte sich mit dem T-Shirt den Schweiß von der Stirn. „Und jetzt muss ich mich in ein langärmeliges Hemd und eine dicke schwarze Jeans werfen. Was tut man nicht alles ... Passt so lange auf ihn auf, ja? Nicht, dass er jetzt noch mal abhaut." Dabei zwinkerte sie und grinste.

„Oder sollen wir schon mal satteln?", fragte Mia.

„Ja, das wäre noch besser – langsam wird es echt knapp, wenn ich noch ordentlich warmreiten will." Damit verschwand Sarah in einem der kleinen Zelte, die sich ein Stück vom Stall entfernt aufreihten.

„Wir?", fragte Kat.

„Sorry, natürlich nur, wenn du helfen magst", erklärte Mia eilig.

„Klar mag ich! Wenigstens was rübertragen kann ich auf jeden Fall. Wo habt ihr denn das Sattelzeug?" Kat schaute sich suchend nach einem Pferdeanhänger um, aber hier stand der nicht wie bei den abgesteckten Paddocks direkt daneben.

„Eben deshalb wärst du eine echte Hilfe. Der Hänger steht nämlich ein Stückchen weg. Das ist der Nachteil an diesen schicken Paddockboxen."

Während Mia sie zu dem am hintersten Rand der Parkfläche abgestellten Gespann führte, betrachtete Kat ihre neue Bekanntschaft von der Seite. „Wie lange reitest du schon?", fragte sie schließlich.

„Seit ich zehn bin."

„Und wie alt bist du jetzt?"

„Fast fünfzehn. Du?"

„Vierzehneinhalb. Und ich reite erst seit einem halben Jahr, bevor du fragst. Nimmst du auch Unterricht bei Anne?"

Mia schüttelte den Kopf. „Ist nicht so mein Stil. Sarah gibt mir manchmal Tipps, und ich versuche, Faxi ungefähr so zu reiten wie sie, damit er nicht durcheinanderkommt. Aber ich gehe sowieso meist mit ihm ins Gelände, er muss mit Sarah genug arbeiten. Bei mir darf er sich immer etwas erholen. Vielleicht können wir ja mal zusammen ausreiten?"

Kat hob zweifelnd die Schultern. „Ich weiß nicht, ob ich das schon darf. Ansonsten wäre es natürlich toll!"

„Muss ja auch nicht gleich sein, aber vielleicht darfst du ja im Herbst. Dann macht es sowieso besonders Spaß, dann gibt's nämlich nicht mehr so viele Bremsen. – So, da wären wir. Nimmst du das Pad und die Trense? Dann trage ich den Sattel."

Faxis Pad leuchtete orangerot und hatte schwarze Ecken, und das Kopfstück war dunkelbraun mit silbernen Beschlägen. Mia wuchtete den ebenfalls dunkelbraunen Sattel von seiner Halterung. Dann schloss sie den Hänger wieder ab und die beiden Mädchen marschierten zu Faxi zurück.

Als Sarah in einer zum Pad passenden orangefarbenen Bluse mit Blumendruck, schwarzen Jeans und einem ebensolchen Cowboyhut aus dem Zelt gekrochen kam, waren sie gerade fertig.

„Super!" Sarah strahlte. „Vielen Dank! Jetzt haben wir noch genug Zeit zum Warmreiten."

„Ihr seht echt toll aus zusammen", fand Kat, als sie Sarah so neben ihrem Pferd stehen sah.

„Danke! Na, dann wollen wir mal."

Gemeinsam gingen sie zur Reitplatz hinüber.

Sarah führte Faxi auf den Platz und zog den Sattelgurt nach. Dann schaute sie zu den beiden Mädchen hinüber. „So, jetzt könnt ihr euch entscheiden, ob ihr mir beim Abreiten zuschaut oder schon mal reingeht. In jedem Fall hoffe ich auf ordentliches Daumendrücken nachher!"

„Wird gemacht", versprach Kat, und Mia fügte empört hinzu: „Was dachtest du denn?!"

Sarah lachte, schwang sich in den Sattel und ritt an.

Kat und Mia sahen ihr einen Augenblick zu. „Bleibst du hier?", fragte Kat schließlich.

Mia nickte. „Da drin ist gerade eine Showmanship, das finde ich langweilig."

„Was ist das denn?"

„*Showmanship at Halter*. Da geht es darum, das Pferd beim Führen so gut wie möglich zu präsentieren."

„Klingt wirklich nicht sehr aufregend."

Mia grinste Kat an. „Sag ich ja."

Eine Weile beobachteten sie stumm das Gewimmel auf dem Reitplatz. Es gab eine Menge wunderschöner Pferde: etliche Quarter und Paint Horses, einen wie Pippi Langstrumpfs „Kleiner Onkel" getupften Appaloosa, aber Kat sah auch einen falben Norweger mit der typischen schwarzweißen Stehmähne, zwei elegante Araber, einen Friesen, ein großes braunes Warmblut und noch andere, die nicht zu den typischen Westernpferderassen gehörten. Und natürlich Faxi, den Isländer. Sarah winkte Mia und Kat noch einmal zu, als sie vorbeiritt, dann konzentrierte sie sich ausschließlich auf ihr Pony.

Nach einer Weile ging Kat in den Hof hinüber, um sich eine Cola zu kaufen. Dabei blieb sie an dem Verkaufsstand hängen, wo sie ein schickes Westernkopfstück bewunderte und es sich an Otto vorstellte – jedenfalls so lange, bis sie das Preisschild entdeckte und lieber wieder zum Abreiteplatz zurückging.

Diesmal richtete sich ihre Aufmerksamkeit mehr auf die Reiter als auf die Pferde, denn auch in dieser Hinsicht gab es viel zu sehen. Alle Reiter trugen Cowboyhüte und Gürtel mit überdimensionalen runden Schnallen aus Metall, und die Oberteile waren beindruckend bunt. Sarahs bedruckte Bluse war geradezu schlicht im Vergleich zu etlichen anderen: von Pink über Quietschblau bis zu Grasgrün war alles vertreten, und dazu waren die Oberteile noch mit Pailletten bestickt, mit Glitzerfäden durchwebt oder mit kontrastfarbigen Applikationen versehen.

„Na, was begutachtest du – Reitstil oder Klamotten?"

Kat fuhr herum. Hinter ihr stand niemand anders als Rick mit Blue neben sich und grinste sie aus dem Schatten seines hellen Cowboyhuts an. Er trug ein einfaches, leuchtend blaues Hemd und schwarze, fransenbesetzte Chaps über der Jeans, und er sah damit umwerfend aus. Blues Sattelpad hatte ein ähnliches Blau in einem mexikanisch anmutenden Muster, aber im Vergleich mit den meisten Reitern auf dem Platz wirkte das alles doch eher unauffällig.

„Klamotten, wenn ich ehrlich bin", beantwortete sie seine Frage. „Hi!"

„Cool, dass du hier bist!", sagte er und lächelte immer noch, sodass Kat vor Freude ein bisschen warm im Bauch wurde. Dann nickte er mit dem Kinn zum Platz hin. „Tja, die Pleasure-Reiter brauchen halt ordentlich Blingbling, wenn sie schon nur so durch die Halle schlurfen. Das wäre ja nix für mich, da macht man sich doch total zum Affen."

„Hallo Rick", sagte Mia auf Kats anderer Seite. Sie klang etwas schroff dabei.

„Hi Mia. Ach, richtig, du bist seit einiger Zeit Faxis Reitbeteiligung, oder?"

„Ja, und da der gleich mit allem Bling dran ist, gehe ich jetzt rein. Kommst du mit, Kat, oder willst du dich lieber mit diesem obercoolen Cowboy unterhalten?“ Mit einem vernichtenden Blick auf Rick drehte sie sich um und marschierte in die Halle.

„Ups“, sagte Rick, sah dabei aber nicht allzu betrübt aus. „Bist du mit ihr hier?“

Kat schüttelte den Kopf. „Nö, hab sie gerade erst kennengelernt. Ich finde sie aber sehr nett!“

„Ist sie ja auch“, bestätigte er. „Meistens jedenfalls.“

Es knackte im Lautsprecher über ihnen, und dann wurde die „Leistungsklasse 4 der Western Pleasure“ ausgerufen. Ein ganzer Pulk von Reitern, tatsächlich meist die mit den auffälligsten Outfits, machte sich daraufhin auf den Weg vom Platz in die Halle.

„Danach sind wir dran“, sagte Rick. „Drückst du mir die Daumen?“

„Glauben tu ich da zwar nicht dran, aber weil du’s bist ...“ Kat hielt ihm beide gedrückten Daumen entgegen. „So genehm?“

„Perfekt. Brave Kat.“

Kat streckte ihm die Zunge heraus.

„Tss“, machte er. „Die Jugend heutzutage ... Du, ich muss jetzt aber mit dem Abreiten anfangen. Vielleicht sehen wir uns nachher ja noch!“

„Das wäre cool! Ich gehe dann auch mal rein, um mir die Pleasure anzugucken“, sagte Kat schnell.

Rick lächelte sie noch einmal an. „Viel Spaß, und denk an die Daumen!“ Dann legte er Blue die Zügel über den Hals und schwang sich in den Sattel.

Kat schaute noch zu, wie er auf den Platz ritt, und beeilte sich dann, in die Halle zu kommen.

***

Ein Schwall stickiger Luft empfing Kat zusammen mit leiser Countrymusik, als sie die Reithalle betrat. Die Tribüne an der Längsseite der Halle bot zwar deutlich mehr Zuschauern Platz als die zu Hause, aber auch diese Ränge waren schon ziemlich gefüllt. Zum Glück entdeckte sie Mia, die ihr zuwinkte und neben sich deutete, wo sie ihr einen Platz freigehalten hatte. Kat drängte sich durch die Bänke zu ihr hin.

„Bist du mit ihm befreundet?", fragte Mia, kaum dass Kat sich neben sie auf die Bank gequetscht hatte.

„Mit Rick? Naja, dazu kennen wir uns noch nicht lange genug, aber ich finde ihn ..." Sie stockte kurz und sagte dann einfach nur: „... nett. Du kannst ihn wohl nicht leiden?"

Mia zuckte mit den Achseln. „Es geht. Meist ist er ja in Ordnung. Aber ich kann es echt nicht ausstehen, wenn sich einer für was Besseres hält."

„Das war doch bestimmt gar nicht so böse gemeint", verteidigte Kat Rick. „Es ist halt nicht sein Ding, da macht man sich schon mal über was lustig. Und einige von den Outfits sind ja schon ein bisschen speziell ..."

„Mein Stil ist es ja auch nicht, aber deswegen muss man doch nicht gleich die ganze Disziplin niedermachen. Von wegen ‚schlurfen' und so."

„Worum geht's denn beim Pleasure-Reiten eigentlich?", fragte Kat.

„Darum, ein gut gerittenes Pferd vorzustellen. Die Richter bewerten nämlich das Pferd, nicht den Reiter. Das heißt: Der Reiter muss das Pferd so gut reiten, dass es locker und gelassen geht, gut mit den Hinterbeinen unter den eigenen Schwerpunkt tritt und damit das Gewicht des Reiters aufnimmt, statt vor sich hin zu latschen. Außerdem muss es gehorsam auf Tempoänderungen reagieren und gleichmäßig das gewünschte, bequem zu sitzende Tempo halten. Das ist nicht so spektakulär wie Ricks Reining, aber deswegen noch lange nicht albern."

„Klingt eher wie eine ziemlich gute Sache, finde ich."

„Eben."

Die Gruppe Reiter hatte sich inzwischen auf der ganzen Bahn verteilt. Als alle ruhig dastanden, sagte eine Frauenstimme über die Lautsprecher die Gangart an, ohne dass die Musik dabei abgestellt wurde: „Walk your horse please, walk!" Damit begann die Prüfung. Die Reiter ritten in der Abteilung hintereinander, die Köpfe der Pferde hingen tief, und sie hoben kaum die Hufe, auch, als es hieß: „Jog your horse please, jog!", und die Abteilung zu traben begann. Einige waren schneller als die anderen und mussten überholen, sehr schnell ging es aber insgesamt nicht voran, nicht einmal im Galopp, der hier „Lope" hieß, denn die Gangart hatte gar keinen richtigen Schwung. Mehr passierte in der Prüfung nicht. Walk, Jog, Lope, einmal wurde noch die Richtung gewechselt, das war aber auch alles. Kat konnte nicht sehen, wer da besser oder schlechter war, dafür hatte sie zu wenig Ahnung, und das machte das Mitfiebern mit Sarah und Faxi doch etwas schwierig. Ein wenig musste Kat insgeheim Rick schon recht geben: Kein Wunder, dass man hier wenigstens glitzerige Outfits brauchte, wenn der Sport schon so unspektakulär aussah.

Irgendwann ertönte schließlich der Befehl „Stop! Stop your horses ..." und gleich darauf: „... and back up!" Gehorsam gingen die Pferde rückwärts. Faxi war dabei fast ein wenig übereifrig, und Sarah musste aufpassen, dass er nicht gegen das Pferd hinter ihnen lief.

„Und jetzt?", fragte Kat. „Gibt es gleich eine Siegerehrung?"

Mia schüttelte den Kopf. „Es kommt ja noch eine Gruppe."

Wahrhaftig, eine zweite Gruppe Reiter kam in die Halle, und das Ganze ging noch einmal von vorne los. Wenn sie allein gewesen wäre und nicht außerdem ihren Platz für die darauffolgende Reining mit Rick hätte sichern müssen, wäre Kat wohl aufgestanden und hätte sich lieber draußen noch ein wenig umgesehen, aber so blieb sie eben sitzen und schaute weiter merkwürdig laufenden Pferden zu.

Schließlich war aber auch diese Gruppe fertig, und nach einer kurzen Beratungspause wurde die Siegerehrung angekündigt. Alle Reiter kamen in die Halle zurück und reihten sich in der Mitte auf. Mia biss vor Spannung auf ihren Fingerknöcheln herum, und Kat entdeckte jetzt erst, dass ihre kurzen Nägel grasgrün lackiert waren. Nach der Nagellack-Marke musste sie nachher unbedingt mal fragen. Sarah und Faxi landeten auf dem sechsten Platz. Mia strahlte und Kat klatschte heftig. Sarah grinste wie ein Honigkuchenpferd, als sie eine Schleife und ein Säckchen Pferdeleckerlis entgegennahm.

Gleich danach stand Mia auf. „Ich geh dann mal helfen! Vielleicht sehen wir uns ja später noch, ansonsten halt irgendwann am Stall. Fände ich nett."

„Ich auch", sagte Kat. „Bis dann! Und gratuliere Sarah und Faxi von mir!"

Als auch der erste Platz vergeben war, führten die Pleasure-Reiter ihre Pferde aus der Halle, und die RSA-Reining der Klasse Youth wurde angesagt. Allerdings erst nach einer Pause, in der der Hallenboden hergerichtet werden sollte.

Als alle Reiter die Halle verlassen hatten, zischte es plötzlich, und aus Rohren unter der Decke regnete Wasser auf den Sand herunter. Spannend! Noch besser wurde es, als ein Trecker in die Halle knatterte und in schwungvollen Kurven den Boden mit einem angehängten Werkzeug glatt strich. Am Steuer saß eine junge Frau, vielleicht sogar ein Mädchen, denn älter als achtzehn sah sie nicht aus.

Und dann kamen die Reining-Reiter in die Halle. Alle, denn zuerst durften sie noch einmal in der Halle abreiten. Es war ein regelrechtes Chaos, als zwölf Reiter gleichzeitig umhergaloppierten. Kat bekam schon Schweißausbrüche allein bei der Vorstellung, da mitreiten zu müssen – ihr reichte die Gruppenreitstunde mit Debbie und Lara, bei der sie auch immer schon aufpassen musste, den beiden anderen nicht in die Quere zu geraten.

Aber dann ritten alle bis auf ein Mädchen auf einem hübschen Falben wieder hinaus, und es ging wirklich los. Und das, fand Kat, war doch mal ein echt aufregender Sport!

Nach dem Ritt wurde das Pferd kontrolliert: Die Richter schauten an der Flanke nach und forderten die Reiterin auf, es abzutrensen. Zuerst wusste Kat nicht, wozu das diente, aber dann erinnerte sie sich, wie der Falbe beim Sliding Stop das Maul aufgesperrt hatte, weil die Reiterin so stark an den Zügeln gezogen hatte. Wahrscheinlich kontrollierte man, ob das Pferd wunde Maulwinkel und Sporenstiche in der Seite hatte, und das gab dann Punktabzug. Oder hoffentlich gleich eine Disqualifizierung, denn dem Pferd wehzutun war schließlich überhaupt nicht okay! Rick würde das seinem Blue jedenfalls nie antun, da war sich Kat sicher.

Und dann kam auch schon die Ansage: „Der nächste Reiter ist mit der Nummer 68 Patrick Wegwarth auf *Zip's Go On Blue*, einem neunjährigen Paint-Horse-Hengst, gezogen aus der *PN's Golden One* von *Zippy Private Cara*."

Kat fühlte sich ganz kribbelig, als er einritt und grüßte, und sie ballte die Hände in ihrem Schoß zu Fäusten, als er anritt. Wie die erste Reiterin ritt er zuerst einen großen Zirkel in schnellem Galopp, dann einen kleinen in langsamerem Tempo. In der Mitte der Halle kam dann der erste Spin, bei dem sich Blue rasant mit den Vorderbeinen um die eigene Achse drehte. Danach die andere Seite, großer Zirkel, kleiner Zirkel und wieder der Spin, von dem aus Rick Blue gleich wieder angaloppieren ließ und in einer Acht durch die Halle ritt. Kat kaute an der Unterlippe vor Aufregung.

Dann kam der erste Rundown, der schnelle Spurt durch die ganze Halle mit dem abrupten Sliding Stop am Ende, bei dem Blues Hinterhufe über den Sand schlitterten, während die Vorderbeine weiterliefen. Direkt danach warf er sich mit einem regelrechten Satz auf der Hinterhand herum, das war der Rollback, dann folgte die ganze Geschichte noch einmal auf beiden Seiten. Jedes Mal wirbelte ein wenig Sand auf, wenn Blue stoppte, und es sah einfach toll und dramatisch aus. Nach dem vierten Mal ließ Rick seinen Hengst noch etliche Schritte sehr schnell rückwärtsgehen, und damit war die Prüfung zu Ende.

Kat war einen Augenblick versucht, aus der Halle zu laufen, um Rick abzupassen, aber dann blieb sie doch lieber sitzen. Schließlich wollte sie alles mitnehmen und sehen, wer gewann. Beim letzten Reiter hatte sie sogar das Gefühl, dass sie langsam zumindest erahnen konnte, ob der Ritt gut war oder nicht. Sie fand jedenfalls, dass zumindest dieser Ritt schlechter gewesen war als Ricks. Während die Richterinnen sich berieten, kam noch einmal der Traktor und zog den Boden ab, und es machte richtig Spaß zuzusehen, wie das Mädchen lässig mit einer Hand die Maschine fuhr.

Dann fand die Siegerehrung statt: Rick kam auf den zweiten Platz. Kat pfiff und klatschte so, dass ihr die Hände wehtaten, und dann beeilte sie sich, nach draußen zu kommen. Dies war einer der Momente, in denen es wunderbar war, klein und zierlich zu sein – sie drückte sich an den Leuten vorbei und duckte sich unter Armen hindurch und kam so schneller aus der Halle als alle anderen.

Aber Rick und Blue waren trotzdem schon nirgends mehr zu sehen. Sie lief noch einmal über das Gelände, vielleicht würde sie ihnen dort noch begegnen.

Tatsächlich – an einem der mit Elektrodraht eingezäunten Paddocks fand sie den schicken weißen SUV von Ricks Mutter mit einem ebenso schicken, weißen Pferdeanhänger, auf dessen Seite der Schattenriss eines Reiters im Sliding Stop prangte. Auf dem Paddock waren Rick und seine Mutter gerade dabei, Blue abzusatteln.

„Herzlichen Glückwunsch!", sagte Kat. „Das war toll!"

Rick sah nicht sonderlich glücklich aus und zuckte nur mit den Achseln. „Na ja. Zweiter Platz halt."

„Ja wie ‚zweiter Platz halt' – ist doch super! Quasi die Silbermedaille!"

„Tja", sagte Rick und bückte sich, um Blue die mit Klettband befestigten Schoner abzunehmen, die seine Vorderbeine vor Verletzungen beim Sliden schützten.

„Wir hatten auf den ersten Platz spekuliert", erklärte seine Mutter. „Der Ritt war ja nicht schlecht, aber eben auch nicht so gut, wie er hätte sein müssen."

Ach du liebe Zeit! Die ganze Situation erinnerte Kat an eine Klassenarbeit in der fünften Klasse, als eine ihrer Mitschülerinnen geweint hatte, weil sie zusammen mit zwei anderen nur eine Drei bekommen hatte – während der gesamte Rest der Klasse mit Vieren, Fünfen und Sechsen bewertet worden war. Aber erfahrungsgemäß half gutes Zureden dabei nicht im Geringsten. Schon gar nicht, wenn Mutter und Sohn sich dabei einig waren.

Blue bekam einen Eimer Wasser und ein paar Möhren, und Frau Wegwarth brachte den Sattel zum Anhänger hinüber. Währenddessen wandte sich Rick an Kat. „Sag mal, mit wem bist du eigentlich hier, wenn nicht mit Mia und Sarah?"

„Mit mir selber", erklärte Kat. „Bin mit dem Bus gekommen. Apropos ..." Sie zog ihr Handy aus der Tasche und schaute auf die Uhr.

„Wenn du magst, kannst du mit uns zurückfahren", bot Rick an. „Meine Mutter hat sicher nichts dagegen. Wir bleiben allerdings nicht mehr lange, sondern fahren, sobald ich Blue noch ein bisschen trockengeführt habe. Eine halbe Stunde oder so. Willst du?"

„Aber so was von! Der Bus gurkt nämlich eine gute Stunde von einer Gießkanne zur nächsten. Ich wusste nicht mal, dass es hier so viele Dörfer gibt."

Ein kurzes Lächeln flog zum ersten Mal wieder über sein Gesicht. „Na, dann ist das beschlossene Sache. Machst du mir mal das Tor auf?"

Kat hakte die Griffe des Elektrozauns aus und ließ Rick und Blue vorbeigehen. Dann blieb er stehen. „Du kommst doch mit beim Trockenführen, oder?", fragte er. „Dann hab ich wenigstens Unterhaltung."

„Ich werde mich bemühen, dich ordentlich zu bespaßen."

Jetzt lächelte er richtig. „Sehr schön. Dann leg mal los!"

„Tja, nur – wie bespaßt man denn Turnierreiter? Bei Mom weiß ich das: Lass sie einfach von ihrem Pony und vom Reiten reden, dann ist sie glücklich."

„Du, ich glaube, da unterscheiden sich Turnierreiter und Freizeitreiter nicht viel. Jedenfalls die netten. Und ich bin natürlich total nett. Wehe, du sagst was anderes!" Inzwischen hatte sich das Lächeln zu einem breiten Grinsen ausgewachsen. Das war doch schon sehr viel besser!

„Na dann kann ich dich ja mal ungeniert ausquetschen. Wie lange reitest du eigentlich schon Turniere?"

„So richtig ernsthaft eigentlich erst, seit ich Blue habe, also seit einem Jahr ungefähr. Davor bin ich mit Aristo, nachdem wir ihn auf Western umgestellt hatten, auch schon ein paar geritten, da noch WVD. Mit Blue mache ich ja nur Reining, mit Aristo bin ich auch mal einen Trail geritten. Da war er richtig gut."

„Was macht man denn da? Das habe ich heute gar nicht angeschaut."

„Das ist so eine Art Hindernisreiten – du musst dein Pferd genau lenken, über eine kleine Holzbrücke weg, zwischen Stangen durch, vorwärts und rückwärts, ein Tor vom Pferd aus auf- und zumachen, so was halt. Macht Spaß, aber Reining ist einfach cooler, also habe ich mich darauf spezialisiert, und wir haben Blue gekauft, der ist rein Reining gezogen. Sprich: Seine Vorfahren waren alle auch schon gute Reining-Pferde."

Kat dachte an den Pferdekauf ihrer Mutter, die sich sofort in ihr damals matschverklebtes, übergewichtiges Pony verliebt hatte und keinen Gedanken an dessen Eltern verschwendet hatte. „Habt ihr ihn nur nach der Ahnentafel gekauft, ohne ihn vorher zu sehen, oder wie?"

„Quatsch. Wir haben im Internet nach passenden Pferden gesucht und uns überhaupt nur die angeschaut. Blue hat mir gleich gefallen, und wir haben uns sofort super verstanden, da hat es einfach gepasst. Von der Abstammung und dem Potenzial her wären die anderen Pferde genauso infrage gekommen, aber Blue war irgendwie gleich ‚mein' Pferd." Zärtlich strich Rick beim Gehen über Blues Hals. Der Hengst folgte ihm brav wie ein Lämmchen am durchhängenden Strick. Ja, das sah man, dass die beiden zusammengehörten!

„Irgendwann hab ich auch mal ein Pferd, das nur mir gehört", sagte Kat ein bisschen sehnsüchtig.

„Und willst du dann auch Turniere reiten?"

„Komisch, das haben mich Mia und Sarah vorhin auch gleich gefragt. Ich weiß noch nicht – aber ich glaube schon. Auf jeden Fall will ich so gut reiten lernen, dass ich es könnte."

„Na, das schaffst du doch locker. Man muss es nur wollen und dranbleiben, und das kannst du beides."

„Meinst du?"

Rick stieß sie freundschaftlich mit dem Ellenbogen an. „Aber sicher! Dann hat es dir heute also gefallen?"

„Klar! Es war total spannend!"

„Super! Vielleicht magst du ja mal richtig mitkommen beim nächsten Mal. So hinter die Kulissen gucken und so."

Kat strahlte. „Das wäre natürlich grenzgenial! Vielleicht kann ich ja auch was helfen?"

Rick grinste sie von der Seite her an. „Sowieso. Das nennt man dann übrigens ‚Turniertrottel'."

„Nee, was bist du liebenswürdig!"

„Tja, du bringst eben das Beste in mir hervor ..."

Kat kicherte und fühlte sich ganz kribbelig vor Freude bei dem Gedanken, dass sie nun auch noch die Heimfahrt mit Rick verbringen würde. Es machte einfach so viel Spaß mit ihm!

4. Kapitel

... in welchem Kat Pläne schmiedet und durch den Regenwald jagt.

„Und, was hat dir am besten gefallen?“, fragte Anne, als Kat ihr am Montag von ihren Turniererlebnissen vom Samstag berichtete, während sie Otto im Schritt warmritt.

„Das Mädchen, das mit dem Trecker den Platz abgezogen hat“, sagte Kat wie aus der Pistole geschossen, und Anne lachte so, dass sie sich gegen die Bande lehnen musste. „Da fährt das Mädel auf ein Turnier und guckt sich tolle Pferde, tolle Reiter, viel BlingBling und eine Menge Sport an, und was findet sie am besten? Das Platzabziehen.“

Kat kicherte. „Na ja, die Reitgeschichte war auch ganz nett. – Nee, im Ernst: Die Reining war supergenial. Das will ich auch mal können.“

„Klar, das wollen alle zuerst, ist ja auch das Spektakulärste. Die anderen Disziplinen lernt man erst zu schätzen, wenn man ein bisschen länger dabei ist. – So, dann kannst du den dicken Otto aber jetzt erst mal antraben, und wir arbeiten weiter an den Grundlagen, bevor du dir eine Westerndisziplin raussuchst.“

Und das taten sie. Kat übte aussitzen und lenken, und am Ende gab es auch wieder ein paar Galoppversuche. Es klappte schon besser, diesmal verlor sie die Bügel gar nicht mehr. Der

Galopp war wieder toll – aber als sie Otto am Ende der Reitstunde gemütlich trockenritt, dachte sie an die perfekten Galoppzirkel in zwei Geschwindigkeiten und die Sliding Stops und Rollbacks. Irgendwie hatte sie das Gefühl, dass es noch ewig dauern würde, bis sie selbst so weit war. Und wenn nächste Woche die Schule wieder anfing, hatte sie wieder nur eine Reitstunde in der Woche – wie sollte sie so vorankommen?

„Du, Anne? Könnte ich nicht vielleicht auch nach den Ferien eine zweite Reitstunde in der Woche kriegen? Die zahle ich dann von meinem Taschengeld!"

Anne schüttelte bedauernd den Kopf. „Keine Chance, Kat, ich bin total ausgebucht, und ich habe schon mehreren Leuten absagen müssen, die überhaupt Reitunterricht haben wollten. Eine meinte sogar, sie wäre auch mit einem Termin alle zwei Wochen zufrieden, aber selbst dafür habe ich keine Zeit. Tut mir leid."

„Schade. Okay, dann will ich mal glücklich sein, dass ich einmal in der Woche reiten kann."

Aber als Kat Otto absattelte und schließlich auf die Koppel brachte, grübelte sie immer noch darüber nach, ob sie nicht doch irgendwie zu einem zweiten Reittermin in der Woche kommen konnte. Vielleicht konnte sie Mom dazu überreden, dass sie in deren Beisein ab und zu mal reiten durfte? Wobei es natürlich schon besser wäre, wenn sie ganz allein üben könnte. Aus dem Alter, in dem die Mama bei den Hobbys zusah, war sie ja nun wirklich raus.

Beim Abendbrot wagte Kat einen Vorstoß. Sie saßen gerade in gemütlicher Familienrunde auf der Terrasse. Rund um sie herum blühten die Blumen in den Rabatten und auf dem Rasen, wohin sie immer wieder auswanderten und wogegen Mom nie etwas tat, Vögel zwitscherten Sommerlieder, auf dem Tisch stand eine leer gegessene Platte Tomaten-Mozzarella-Salat, und das Leben war herrlich. Gerade hatte ihr Vater auch noch eine lustige Begebenheit mit einem Kunden in der Bank erzählt, die Stimmung war also hervorragend.

„Du, Mom?“, fragte Kat.

„Hm?“, machte Mom, die sich gerade genießerisch auf dem Gartenstuhl zurücklehnte, die Hände hinter dem Kopf verschränkt.

Jetzt kam es darauf an, die Sache taktisch klug anzugehen. „Findest du eigentlich, dass ich mit Otto gut zurechtkomme?“

Mom runzelte die Stirn. „Ja, sicher. Du etwa nicht?“

„Doch. Aber ich weiß ja nicht, ob es auch wirklich so ist.“

„Das mit der Bodenarbeit können wir diese Woche auf jeden Fall noch nachholen, falls du darauf hinauswillst.“

„Oh, super! Gleich morgen?“

„Warum nicht?“

„Cool!“ Der erste Teil des Plans war also schon mal geglückt. Kat stand auf und stellte die Teller zusammen, um das Geschirr in die Küche zu bringen. Es schadete nie, in solchen Fällen mal guten Willen zu zeigen.

Ihr Vater hob die Augenbrauen. „Na, liebe Tochter, da steckt wohl noch mehr dahinter, was? Sonst würdest du doch nicht freiwillig ohne Aufforderung den Tisch abräumen!“

Kat seufzte. Er hatte aber auch einen sechsten Sinn für so was. „Tss“, machte sie nur, damit hatte sie nicht gelogen, aber auch nicht jetzt schon die eigentliche Frage gestellt. Dafür war es zu früh. Wenn morgen bei der Bodenarbeit alles gut klappte, dann hätte sie eine Grundlage. Vorher fehlten die Argumente.

Sie trug die Teller in die Küche und begann die Spülmaschine einzuräumen. Gerade hatte sie die tropfende Salatplatte hineingestellt, da machte ihr Handy sie mit einem leisen Schafblöken darauf aufmerksam, dass sie eine Textnachricht bekommen hatte. Sie wusch sich schnell Öl und Balsamico-Essig von den Händen und zog das Handy aus der Hosentasche. Die Nachricht war von Rick!

Hey! Alles klar? Lust auf kino morgen abend?

Kino? Mit Rick? Wow! Kats Herz machte zwei bis drei Sliding Stops mit Rollbacks. *Auf jeden fall! Welcher film?*

Es laufen zig gute um 8, können wir dann gucken, worauf wir bock haben.

Klingt gut. 19:30 vorm kino?

Cool. Bis dann, muss jetzt schluss machen, haben familienabend. Siedler spielen. Hoffentlich gewinn ich wenigstens mal. ;)

Na dann viel erfolg!

Kat las die Unterhaltung noch einmal und merkte, dass sie dabei grenzdebil grinste. Wenn alles gut ging, würde sie morgen also Bodenarbeit lernen, dann die Erlaubnis bekommen, allein mit Otto üben zu dürfen, und abends noch mit einem tollen Jungen ins Kino gehen. Wenn das nicht nach einem perfekten Tag klang!

Sie rief das Adressbuch auf und wollte gerade Hellis Eintrag auswählen, aber dann zögerte sie und drückte schließlich doch nicht auf die grüne Taste. Erstens mochten Abels das gar nicht, wenn man abends ohne wichtigen Grund auf dem einzigen Telefon im Wohnzimmer anrief. Und zweitens – Helli würde vermutlich wieder vor dem Flirten warnen, und im Hinblick auf das Reiten und die Bodenarbeit würde sie nur sehnsüchtig werden, weil ihre Eltern ihr nicht erlaubten, reiten zu lernen. Schon Kats Turnierbericht am Sonntag hatte sie zwar mit viel Interesse, aber auch mit einem großen Seufzer am Ende aufgenommen, und Kat mochte es gar nicht, jemanden traurig zu machen.

Also steckte sie das Handy weg und stellte lieber gleich noch die Spülmaschine an.

***

Der zweite Versuch einer Bodenarbeitsstunde mit Otto war ein voller Erfolg. Otto achtete genau auf Kat, und es machte einen riesigen Spaß, das zu merken und mit ihm zusammen Dinge auszuprobieren. Er lernte schnell und hatte offenbar ebenfalls Freude daran, punktgenau mit ihr abzuwenden und auf ihr Signal hin seitwärts oder über Stangen zu gehen.

„Das war richtig super!", sagte Mom am Ende und streichelte zuerst Ottos Hals, dann Kats Wange, was Kat durch Wegducken aber schnell unterbrach. „Ich bin doch kein Pferd, Mom!"

Mom grinste. „Ach komm, lass mich dich doch mal hinter den Ohren kraulen ..."

Kat ließ den Strick fallen und hielt kichernd die Hände über die Ohren, während Mom sie wegzuziehen versuchte. Otto nutzte die Gelegenheit, um sich fallen zu lassen und erst mal genießerisch zu wälzen.

„Huach!", machte Mom erschrocken. „Nicht dass er sich im Strick verheddert!"

Sie versuchten, das Ende des langen Bodenarbeitsstrickes zu fassen zu bekommen, ohne von Ottos durch die Luft rudernden Hufen getroffen zu werden, aber es gelang ihnen nicht. Schließlich hatte Otto genug, rollte sich auf den Bauch und versuchte aufzustehen – aber sein Huf stand auf dem Strick und hinderte ihn daran. Verdutzt ruckte er den Kopf nach oben, um ihn frei zu bekommen. Kat hielt die Luft an. Was tun? Hoffentlich bekam er jetzt keine Panik!

Aber dann bewegte Otto von allein seinen Huf, der Strick rutschte darunter hervor, und er stand auf und schüttelte sich den Sand vom Fell, als sei nichts gewesen. Mom stürzte sofort zu ihm und nahm den Strick auf.

„Das hätte jetzt aber schiefgehen können! Da waren wir leichtsinnig. Na ja, du hast ja nur auf meine Albereien reagiert ... Mein armer Schatz!" Sie drückte Otto einen Kuss auf die staubige Nase und wischte sich danach pustend den Mund ab. „Keine gute Idee."

Kat musste schon wieder lachen, halbwegs auch aus Erleichterung.

Als sie Otto zur Koppel zurückbrachten, sagte Mom noch einmal: „Du, das war aber wirklich prima. Du kannst das sogar besser als ich, glaube ich. Du hast mehr Autorität. Ich lasse ihm zu viel durchgehen, Anne schimpft schon immer mit mir."

Jetzt war der Zeitpunkt gekommen. „Du, Mom? Glaubst du, ich könnte das vielleicht auch mal allein probieren? Ich meine, wenn ich Reitstunde habe, hole ich ihn ja auch ohne Hilfe von der Koppel und putze und sattle und so. Könnte ich nicht sozusagen als Reitbeteiligung einen zweiten Tag in der Woche was mit ihm machen?"

Mom blieb stehen, sodass der im Halbschlaf hinter ihr hertrottende Otto sie beinahe umrannte. „Hm. Ich weiß nicht recht, ob mir dabei so ganz wohl wäre ... Andererseits ..." Sie runzelte die Stirn und kaute auf ihrer Unterlippe herum.

Kat hielt die Luft an und sagte lieber nichts.

Schließlich holte Mom tief Luft. „Weißt du was, wir machen das. Donnerstags zum Beispiel habe ich so wenig Zeit, dass ich ihn sowieso meist höchstens ein bisschen laufen lasse oder er sogar ganz auf der Koppel stehen bleibt. Wenn er da noch mal bewegt und beschäftigt würde, wäre das sicher nicht verkehrt. Und ich kann dabei gleich Vertrauen üben – dir, dass du verantwortungsvoll und vorsichtig genug bist, um das allein hinzukriegen, und Gott, dass er auf dich aufpassen wird."

„Super! Danke, Mom! Dafür miste ich dann donnerstags gleich noch seine Box aus, dann brauchst du gar nicht mehr zu kommen, wenn es dir zu stressig wird."

„Gut, machen wir es so. Aber du versprichst mir, dass du dich sofort bei mir meldest, wenn dir irgendwas auch nur ein bisschen komisch vorkommt, und dass du irgendwen am Stall um Hilfe bittest, wenn du dir bei etwas unsicher bist."

„Klar!"

Sie brachten Otto auf die Koppel, wo er sofort zu Flora hinübertrottete und neben ihr seine Nase ins Gras senkte.

„Also, Action sieht anders aus ...", sagte Kat.

„Na, ich finde, Action hatten wir gerade schon genug. Mir hat das jedenfalls gereicht."

„Auch wieder wahr."

Schweigend gingen sie den Weg zwischen den Koppeln zurück. Erst kurz bevor sie die Ställe erreichten, sagte Kat möglichst beiläufig: „Mom? Wenn ich donnerstags was mit Otto mache – könnte ich dann nicht auch ein bisschen reiten?"

„Wie, ein bisschen reiten? Wenn man dir den kleinen Finger reicht, nimmst du gleich die ganze Hand, was? Nee, du, das schlag dir mal aus dem Kopf. Du reitest erst seit vier Monaten."

„Fast fünf Monate! Also quasi so gut wie ein halbes Jahr. Und ich komme gut voran, sagt Anne. Bitte, Mom! Ich bin auch ganz vorsichtig und mache nichts Wildes! Aber bei nur einer Reitstunde in der Woche kommt man so langsam weiter!"

Mom war jetzt stehen geblieben und schüttelte den Kopf. „Ich dachte, du wolltest Bodenarbeit machen! War das jetzt nur eine Taktik, um mich dazu zu bringen, dir auch gleich das Reiten zu erlauben? Findest du das nicht ein bisschen hinterhältig?"

Kat merkte, wie ihr das Blut in den Kopf stieg. „Nein, nicht bloß deswegen. Ich will ja wirklich auch Bodenarbeit machen. Mal so, mal so halt. War ja auch nur eine Frage. Aber beim Reiten wird Otto doch mehr bewegt und nimmt schneller ab, als wenn ich ihn nur im Schritt über Stangen führe und so!"

Mom seufzte. „Du bist aber auch hartnäckig. – Gut, weißt du was? Wir fragen einfach mal Anne, was die dazu meint. Wobei ich dir jetzt nicht verspreche, dass ich auf jeden Fall Ja sage, wenn sie es okay findet, klar?"

„Klar.“ Kat wäre versucht gewesen, sich selbst die Daumen zu drücken, wenn sie daran geglaubt hätte, dass das was nutzte. Aber natürlich war sie nicht abergläubisch.

Dafür aber gläubig. Ob Gott vielleicht ein gutes Wort für sie einlegen würde? Oder war es selbstsüchtig, ihn um so etwas zu bitten? Andererseits hatte sie als Kind ja auch keine Hemmungen gehabt, an Weihnachten dafür zu beten, dass sie die Puppe oder das Legoset bekam, das sie sich gerade wünschte. Wiederum andererseits war sie jetzt ja kein Kind mehr. Als Kind konnte man sich so manches erlauben ... Besser, sie ließ ihn mit solchem Kram in Ruhe.

Mom schaute auf die Uhr. „Gut, eben hatte Anne Unterricht in der Halle, und diese Reitstunde müsste jetzt gerade vorbei sein. Gehen wir mal rüber.“

Anne war tatsächlich allein in der Halle und sammelte einen Haufen Pferdeäpfel ein. Kat trat mit Mom an die Bande. Anne schaute auf und lächelte ihnen zu.

Vor der Tür meldete sich jemand mit „Tür frei!“ an.

„Ist frei!“, antwortete Anne. „Du kannst schon mal warmreiten, Bigi!“ Dann trat sie an die Bande. „Wolltet ihr was von mir?“

„Ja“, sagte Mom und stellte direkt ohne Umschweife ihre Frage: „Kat hat mich gefragt, ob sie quasi als Reitbeteiligung einen Tag in der Woche zusätzlich zur Reitstunde allein reiten könnte. Ich kann mich nicht jedes Mal dazustellen, bin ja froh, wenn ich selbst die Zeit zum Reiten finde, außerdem kann ich vermutlich sowieso erst sehen, dass was schiefläuft, wenn es schon zu spät ist. Was denkst du, könnte sie das schon?“

Anne überlegte einen Moment. Kat biss sich auf die Unterlippe vor Spannung. Dann nickte Anne. „Ja, doch, ich würde es ihr durchaus zutrauen. Allerdings unter der Bedingung, dass sie verspricht, nichts zu probieren, was sie noch nicht hundertprozentig kann. Im Moment wäre das vor allem das Galoppieren. Ich würde ihr dann sagen, was sie weiter üben kann, wenn sie allein reitet. Dann könnte ich mir durchaus vorstellen, dass ihr alle was davon habt."

„Okay", sagte Mom langsam. „Danke, Anne." Dann holte sie einmal tief Luft und schaute Kat ernst an. „Gut. Dann machen wir es so. Du versprichst, dich an diese Regeln zu halten, Kat, ja?"

„Indianer-Ehrenwort. Oder Reiter-Ehrenwort. Oder beides, Indianer sind ja viel geritten."

„Albernes Kind", sagte Mom grinsend, und Kat hätte am liebsten einen Purzelbaum geschlagen. Es hatte tatsächlich geklappt! Und das konnte sie zu allem Überfluss heute Abend Rick persönlich im Kino erzählen! Der Tag war zweifellos perfekt.

***

Einmal noch zog Kat das Tuschebürstchen vorsichtig durch die Wimpern, dann stopfte sie es zurück in ihre alte Kulturtasche mit dem Siebzigerjahre-Muster, in der es vermutlich für die nächsten Wochen wieder versauern würde. Normalerweise war ihr die Schminkerei einfach viel zu umständlich – aber heute ...

Prüfend betrachtete sie sich im Spiegel und strich sich die offenen Haare hinter die Ohren. Sie hatte ihren Lieblings-Blümchenrock herausgeholt, dazu trug sie schwarze Schnürstiefel und das schwarz-weiß geringelte Top mit einer alten Anzugweste drüber. Doch, das war in Ordnung. Hastig schnappte sie sich die gehäkelte Handtasche mit dem Portemonnaie und polterte die Treppe hinunter.

„Viel Spaß!", rief ihr Mom hinterher. „Und denk dran: halb elf!"

Kat zog es vor, nicht darauf zu antworten, sondern ließ die Haustür hinter sich zufallen und schwang sich eilig auf ihr Fahrrad. Sie war wieder mal furchtbar spät dran!

Rick wartete schon vor dem Kino und strahlte sie an. Er trug ausgewaschene Jeans, ein schwarzes T-Shirt mit auf alt gemachtem Schriftdruck und an den Füßen Cowboystiefel, die Kat bei jedem anderen abseits des Reitplatzes affig gefunden hätte. Aber zu Rick passten sie einfach.

Sie schloss ihr Fahrrad an. „Wartest du schon länger? Bin ich krass zu spät?"

„Nö. Ist noch Zeit, kein Stress. Und, welchen Film wollen wir sehen?"

Kat schaute auf die Plakate über dem Eingang. Eine romantische Komödie war dabei, die wäre vermutlich erste Wahl für einen Abend mit einem tollen Jungen – aber sie mochte die Dinger nicht. Und außerdem gab es diesen Actionfilm mit dem Undercover-Agenten und der Jagd bis in den brasilianischen Urwald, den wollte sie eigentlich sowieso sehen ... Einen Augenblick lang schwankte sie zwischen romantischer Taktik und Ehrlichkeit, dann entschied sie sich für die Ehrlichkeit. „Was hältst du von ‚Fever'?"

Ricks Augen leuchteten auf. „Ist das dein Ernst, oder schlägst du den jetzt bloß vor, um mir einen Gefallen zu tun?"

„Nö. Tu ich dir denn einen?"

„Aber hallo! Ich war jetzt eigentlich davon ausgegangen, dass ich irgendwas Schnulziges gucken müsste. Hätte ich auch gemacht, aber ‚Fever' wäre natürlich tausendmal besser!"

„Na dann sind wir uns ja einig."

Voller Vorfreude und erleichtert über die reibungslose Filmauswahl gingen sie hinein und kauften die Karten.

„Magst du Popcorn oder was zu trinken? Ich lade dich ein!", bot Rick danach an.

„Eine Cola wäre super!"

„Zu Befehl!"

Zum Glück war gerade keine Schlange am Stand, an dem Getränke und Snacks verkauft wurden. Mit je einer Cola und einer gemeinsamen Tüte Popcorn stapften sie kurz darauf in den Kinosaal, in dem „Fever“ gezeigt wurde.

Da der Film erst seit zwei Tagen lief, war es jetzt schon recht voll, obwohl der Vorhang noch vor der Leinwand hing und leise Popmusik aus den Lautsprechern dudelte. Kat und Rick mussten sich an etlichen Beinen vorbeiquetschen, um zu ihren Sitzen zu kommen.

Kat ließ sich in den roten Plüschsessel fallen und wartete, bis Rick es ihr gleichgetan hatte, dann platzte sie mit ihrer Neuigkeit heraus: „Du, ich darf jetzt zusätzlich zur Reitstunde einmal die Woche allein was mit Otto machen. Cool, oder?“

Rick rammte ihr einen begeisterten Ellenbogen in die Seite. „Und ob! Dann hast du sozusagen eine Reitbeteiligung bei deiner Mutter, oder wie?“

„Genau. Anne meinte auch, dass wir alle was davon haben werden. Mom ist donnerstags immer ziemlich gestresst am Stall gewesen, weil sie lange arbeitet und abends noch Chor hat. Jetzt braucht sie dann am Donnerstag gar nicht mehr hinzufahren. Otto wird mehr bewegt, und ich lerne etwas. Also alles perfekt.“

„Klingt super!“

In diesem Moment ging das Licht langsam aus und die Vorhänge öffneten sich, und das beendete ihre Unterhaltung.

Der Film war genauso gut wie erwartet, mit reichlich Explosionen und Verfolgungsjagden mit Jet-Ski und Helikopter über den Amazonas. Besonders gefiel Kat, dass neben all der Action auch Inhalt vorhanden war: Es ging um die Indianer und die Vernichtung ihres Lebensraums durch skrupellose Geschäftsleute. Als der Abspann über die Leinwand lief, war Kat noch ganz und gar mit den Gedanken im Filmgeschehen und brauchte eine Weile, um wieder ins Hier und Jetzt zurückzukommen. Als sie schließlich den Kopf drehte, sah sie, dass Rick auch noch begeistert lächelnd dasaß.

„Und?“, fragte er, als er ihren Blick bemerkte.

„Grenzgenialer Film. Wie fandest du's?"

Er grinste. „Auch grenzgenial. – Wollen wir?"

Kat nickte, und sie verließen den Kinosaal.

Draußen blieb Rick stehen. „Hast du noch einen Moment zum Quatschen, oder musst du gleich nach Hause?"

Kat schaute auf ihr Handy. „Eine Viertelstunde geht noch."

„Cool, dann beweg dich nicht hier weg – ich muss nämlich erst mal aufs Klo."

„Viel Spaß", sagte Kat und grinste ihn an, als er eine Grimasse schnitt und dann zu den Toiletten hinüberging.

„Wow", sagte jemand hinter ihr, kaum dass Rick außer Hörweite war. „Ist das dein Freund?"

Kat drehte sich um. Isa und Marie, zwei Mädchen aus ihrer Klasse, glotzten Rick hinterher wie dem achten Weltwunder.

„Ähm", sagte Kat. „Vielleicht ...?"

Die beiden nahmen das offenbar als ein Ja. Isa boxte ihr leicht in den Oberarm und lächelte. „Cool. Hab mich sowieso schon gefragt, wann du dir endlich mal einen zulegst. Du bist die Einzige in der Klasse, die noch nie einen Freund hatte, mit fast fünfzehn!"

„Vierzehneinhalb", korrigierte Kat. „Und Helli hat auch noch nie einen gehabt."

„Helli gilt nicht, die ist doch in so einer komischen Sekte."

„Na, wenn die Kirche eine Sekte ist, dann bin ich da auch drin."

„Na ja, du weißt schon. Ihre Eltern sind doch total streng und so. Deine doch wohl nicht, oder darfst du auch keinen Freund haben?"

„Ooooh", machte Marie dazwischen. „Ist das so eine heimliche Liebe, die nicht sein darf? Wie romantisch! Wir verraten euch ganz bestimmt nicht!"

Kat schnaubte. „Marie, du guckst entschieden zu viele Bollywood-Filme!"

Isa kicherte. „Na, jedenfalls finde ich es cool, dass du kein Single mehr bist, Kat. Aber wir müssen jetzt los. Bis Montag!"

„Ciao", sagte Kat. Die gute Stimmung von vorher war auf einmal weg. Was war das denn für ein Gespräch gewesen?

Zum Glück kam Rick in diesem Moment zurück. „Na, was guckst du so finster?"

„Ach, nix. Nur so."

„Nur so? Guckst du immer ‚nur so' wie der fiese Geschäftsmann, der den Regenwald abholzen wollte – wie hieß der nochmal? Parker? Nee. Stalker?"

„Walker, Rick! Fängt das schon mit der Altersdemenz an bei dir? Du machst mir Angst vor meinem Geburtstag."

„Wann ist der denn, wenn wir schon dabei sind?"

„Am achtzehnten Januar, das ist also noch eine Weile hin. Ich werde jede Minute davon genießen, in der ich noch nicht so alt und tatterig und vergesslich bin wie du."

Rick lachte, und das blöde Gefühl von eben war wie weggeblasen.

Eine Viertelstunde lang standen sie noch im Foyer und unterhielten sich – über den Film, über Brasilien, die Pferde und die Schule, dann wurde es Zeit aufzubrechen.

Vom Sattel seines Fahrrades aus drehte sich Rick noch einmal um. „Das war ein echt genialer Abend. Wollen wir das mal wiederholen, wenn wieder was Gutes läuft?"

„Auf jeden Fall!", bestätigte Kat.

Erst als sie allein war und kräftig in die Pedale trat, um nicht allzu viel nach halb elf zu Hause anzukommen, stellte sie fest, dass Romantik doch wohl irgendwie was anderes war. Merkwürdigerweise hatte sie keinerlei Flattern im Magen gehabt, und es war ihr auch nicht in den Sinn gekommen, sich bei den spannenden Stellen an Rick zu kuscheln. Trotzdem war es ein richtig schöner Abend gewesen.

Na, vielleicht kam das andere beim nächsten Mal noch.

5. Kapitel

... enthält schlechte Witze, beinahe Romantik und Hellis Initiative.

Als Kat am nächsten Morgen aufwachte, schloss sie die Augen gleich wieder, weil viel zu helles Licht direkt auf ihr Gesicht schien. Mist, da hatte sie am Abend wohl vergessen, die Rollos herunterzuziehen. Sie zog sich die Decke übers Gesicht und versuchte, noch mal einzuschlafen, aber das ging nicht mehr so recht, weil ihr sofort Bilder vom Kinoabend mit Rick durch den Kopf gingen.

Außerdem war es heiß und stickig unter der Decke. Kat seufzte und strampelte sich frei, dann drehte sie sich um und schaute auf den Wecker. Noch nicht mal neun! In den Ferien!

Andererseits eröffnete das natürlich deutlich mehr Möglichkeiten, etwas zu unternehmen. Sie war schon eine ganze Weile nicht mehr mit ihren Inline-Skates unterwegs gewesen, und wenn sie das heute tun wollte, dann musste sie es vor der Mittagshitze machen. Vielleicht würde Helli auf dem Fahrrad mitkommen, das war immer lustig. Wobei – das ging nicht, Helli half heute beim Kindertag in der Gemeinde mit. Aber allein machte es natürlich viel weniger Spaß. Ob vielleicht ...

Kat biss sich auf die Lippen, dann setzte sie sich auf und griff nach ihrem Handy, das auf dem Nachttisch lag.

Morgen!, schrieb sie. *Hast du möglicherweise lust auf inliner fahren?*

Einen Augenblick zögerte sie mit dem Finger über dem Button, dann tippte sie entschlossen darauf, um die Nachricht abzusenden.

Danach starrte sie eine gefühlte Ewigkeit das Display an, aber es kam keine Antwort. Wahrscheinlich schlief er noch, wie jeder vernünftige Teenager das in den Sommerferien tat. Aber sie war jetzt endgültig zu wach, um noch mal einzuschlafen, also konnte sie auch gleich aufstehen. Oder zumindest mal auf die Toilette gehen. Das Handy nahm sie natürlich mit, falls Rick in der Zwischenzeit antworten sollte.

Auf dem Weg ins Badezimmer zogen köstliche Düfte in Kats Nase – es roch eindeutig nach Pfannkuchen! Ihr Vater hatte sich diese Woche Urlaub genommen, und in solchen Zeiten konnte er schon mal seinen „Anfall von Amerikanismus" bekommen, wie er das nannte, und dann gab es morgens Pfannkuchen und Ahornsirup. Kat tätschelte ihren fordernd aufknurrenden Bauch und beugte sich über das Treppengeländer, um nach unten rufen zu können. „Bin wach! Machst du mir welche mit, Papa?"

Er streckte seinen ungekämmt aussehenden Kopf zur Küchentür hinaus. „Mach ich. Du musst dich aber beeilen, sonst sind sie kalt."

Kat flitzte ins Bad und unterbot ihren Rekord im Schnellduschen vom Samstag. Noch vor dem Abtrocknen schaute sie auf ihr Handy, aber sie hatte immer noch keine neue Nachricht bekommen.

Mit dem Handy in der Hosentasche hüpfte sie kurz darauf die Treppe hinunter und ins Esszimmer. Ihre Eltern saßen bereits am Tisch, hatten aber offensichtlich noch nicht angefangen. Zwischen ihnen türmte sich auf einem großen Teller ein Stapel dampfender Pfannkuchen.

Mom grinste sie an. „Morgen! Gerade noch rechtzeitig!"

Kat ließ sich auf ihren Stuhl fallen. „Na, so schnell isst du auch nicht, Mom. Du heißt doch nicht Otto."

„Hey, keine Witze über mein Pferd an diesem Tisch!"

Kats Vater schaltete sich ein. „Und ich bitte darum, die Diskussionen über verfressene Ponys auf die Zeit zu verschieben, wenn dieser verfressene Mann seinen ersten Pfannkuchen auf dem Teller hat."

„Aber gerne doch", sagte Kat und schloss die Augen für das Tischgebet, das Mom sprach.

„Danke, lieber Vater im Himmel, für den wunderschönen Morgen und das gute Frühstück. Danke, dass wir gut geschlafen haben und das draußen so herrliches Wetter ist und Andreas einen freien Tag genießen kann. Und ich freue mich gerade riesig, dass du bei allem, was wir heute unternehmen werden, dabei sein willst, dass du dich mit uns freust und auf uns aufpasst. Danke, dass es uns so wahnsinnig gut geht. Amen!"

Alle öffneten die Augen, und Mom schaute glücklich zuerst die Pfannkuchen und dann Kats Vater an. „Guten Appetit, und danke für das leckere Frühstück, mein Schatz!" Sie wollte ihrem Mann einen Kuss auf die Wange geben, aber der beugte sich gerade in dem Moment vor, um sich einen Pfannkuchen zu nehmen, und so blieb es bei dem Versuch.

„Wie kommt es eigentlich, dass du schon so früh wach bist, Töchterlein?", wollte Papa wissen, als er den ersten Bissen heruntergeschluckt hatte und nach der Kaffeetasse griff.

Kat beendete zuerst sorgfältig ihre Sirupkringel und schloss die Flasche, bevor sie antwortete. „Es war so hell, ich hatte vergessen, die Jalousien runterzuziehen."

„Du Ärmste – dabei war es doch relativ spät, als du nach Hause kamst", sagte Mom. „Wie war es denn eigentlich im Kino?" Der Versuch, die Frage ganz beiläufig zu stellen, gelang ihr genauso wenig wie der Kuss vorher. Sie verriet sich durch das sinnlose Rühren in ihrem Kaffee, obwohl sie noch gar keine Milch hineingegossen hatte.

„Gut", sagte Kat und schob ein Stück Pfannkuchen in den Mund. „Mmm, lecker, Papa!"

„Danke, danke", sagte er. „Bezog sich das ‚gut' jetzt auf den Film oder den Abend?"

„Auf beides. Der Film war total spannend."

„Und sonst?", fragte Mom und legte endlich den Löffel beiseite. „Habt ihr euch gut verstanden, du und Rick?"

„Klar. Tun wir eigentlich immer", erklärte Kat.

„Und ... also, seid ihr jetzt ...", fing Mom an.

Kat verdrehte die Augen. „Mann, Mom. Frag doch einfach gleich, ob wir uns geküsst haben und wenn ja, wie es war und wo seine Hände dabei waren!"

„Ja, und – habt ihr denn?"

„Nein, haben wir nicht."

„Also seid ihr nicht zusammen?"

Kat stöhnte auf. „Mooom! Kann ich vielleicht auch so was wie Privatsphäre haben?"

Jetzt schaltete sich ihr Vater ein. „Nicht, solange du deine Füße unter meinen Tisch und meine Pfannkuchen in deinen Mund steckst. – Komm schon, Katharina, eine kurze Info für deine armen alten Eltern mit Beschützerinstinkt muss doch drin sein, oder?"

„Tss", machte Kat. „Wovor willst du mich denn beschützen?"

„Vor bösen Männern natürlich. Vor Liebeskummer. Und überhaupt."

Kat gab auf. „Also schön: Wir sind noch nicht zusammen."

„*Noch* nicht. Aha." Mom beugte sich vor. „Das heißt, es bahnt sich aber schon was an, oder?"

„Weiß ich noch nicht. Und ihr nervt. Ehrlich! Kann ich jetzt bitte in Ruhe meinen zweiten Pfannkuchen essen?"

Papa hob die Hände. „Natürlich! Wir wollen ja schließlich

nicht, dass du verhungerst, bevor du deinen ersten Kuss bekommen kannst!“

„Ha ha“, machte Kat. „Sehr witzig.“

Einen Augenblick lang konzentrierten sie sich alle drei auf ihr Frühstück. Gerade als Kat sah, wie sich ihr Vater vorbeugte, während dieses leichte Lächeln um seine Mundwinkel spielte, das immer dann dort zu sehen war, wenn er gleich eine seiner ironischen Bemerkungen machen würde, blökte es in Kats Hosentasche.

Eilig zog Kat das Handy hervor, während ihr Vater die Luft ausstieß und sagte: „Also, Schafe am Frühstückstisch ... jetzt habe ich glatt vergessen, was ich sagen wollte.“

Super idee!, schrieb Rick. *Um zehn am spielplatz im neubaugebiet?*

Bin da!, tippte Kat und schob den Stuhl zurück. „Das war Rick. Ich hab mich mit ihm zum Inlinerfahren verabredet.“

„Äh, Moment mal“, bremste Mom sie. „Wo wollt ihr denn ungefähr rumfahren? Nur, falls was ist! Und vor allem: Bist du zum Mittagessen zurück?“

Kat seufzte. „Am Stadtrand beim Neubaugebiet, und ja, ich komme zum Mittagessen zurück.“

Ihr Vater grinste. „Viel Spaß, und du weißt ja – Bienchen und Blümchen und so.“

„Pff“, machte Kat und rollte sich noch einen Pfannkuchen zusammen, um ihn unterwegs zu essen.

„Also, Tischmanieren sind das ...“, seufzte Mom. „Wehe, du hinterlässt jetzt überall Fett auf den Türklinken!“

„Nö, höchstens Ahornsirup.“ Kat grinste, winkte mit der freien, sauberen linken Hand und öffnete und schloss dann die Esszimmertür demonstrativ mit dieser. Bevor sie die Inlineskates anzog, stopfte sie den Pfannkuchen ganz in den Mund. Sie kaute noch, als sie aus dem Haus rollte.

Rick war schon da, als sie den Spielplatz erreichte. Er lehnte am Zaun, die Inlineskates leicht gekippt, sodass sie auf dem

Stopper standen. Auf dem Kopf trug er heute keinen Cowboyhut, sondern ein schlichtes graues Baseballcap. „Hey!", sagte er, als Kat neben ihm ausrollte.

„Auch hey!", antwortete Kat, und dann wusste sie nicht so recht, was sie sagen sollte, zumal ihr das Frühstücksgespräch nicht aus dem Kopf ging, wenn sie Rick ansah.

Rick kniff die Augen zusammen. „Was machst du denn für ein Gesicht? Schlechte Laune?"

„Eigentlich nicht. Bloß meine Eltern haben mich gerade etwas nervig wegen gestern Abend ausgequetscht."

Er stieß sich vom Zaun ab und rollte langsam um sie herum. „Das ist doch normal. In unserem Alter sind Eltern in einer schwierigen Phase. Du solltest mal meine Mutter und mich hören, wenn wir aufdrehen. Da wird's jedes Mal ziemlich laut bei uns."

„Wir sind eigentlich alle drei sehr friedlich, richtig Streit gibt's eher selten. Dafür dann meistens aber auch richtig heftig. Mom kann ganz schön explodieren, und ich auch. Papa versucht inzwischen auch schon gar nicht mehr zu schlichten, weil er weiß, dass das in dem Moment sowieso nichts bringt und wir uns in spätestens einer Stunde sowieso wieder versöhnen."

„Mein Vater ist da ähnlich, der hält sich aus allem raus. Meine kleine Schwester verzieht sich bei Ärger in ihr Zimmer und heult, nur meine Mutter und ich, wir schreien uns an. Wir können uns über lauter Pipifax in die Haare kriegen – bloß nicht, wenn's ums Reiten geht. Komisch eigentlich. – Wollen wir losfahren?"

Kat nickte. Während sie Schwung holte, fragte sie: „Reitet deine Mutter eigentlich auch?"

„Klar! Allerdings reitet sie Dressur und konnte mit meinem ‚Cowboygehoppel' zuerst nichts anfangen. Aber nach einer Weile hat sie dann eingesehen, dass Westernreiten genauso ein richtiger Sport ist wie Dressur. Inzwischen hat sie sich daran gewöhnt und findet es selber ganz gut, glaube ich."

„Und woran hat sie sich nicht gewöhnt?", wollte Kat wissen.

„An meine langen Haare zum Beispiel", sagte Rick und grinste breit. „Und an meinen Musikgeschmack, dass mir Theater und Oper sonstwo vorbeigehen, dass mein Zimmer meistens aussieht wie nach einem Erdbeben, an manche meiner Freunde – ach, das kann man echt nicht alles aufzählen."

„Schon komisch, oder – als Kind fand man Mama und Papa total toll, und auf einmal verstehen sie einen einfach überhaupt nicht mehr und nerven. Und jetzt komm nicht mit ‚Das ist die Pubertät', das weiß ich auch. Aber trotzdem ... ist schon schräg, oder?"

„Na ja, ich glaube eigentlich, das Problem ist auch, dass man einfach erwachsen wird und auf einmal viel öfter eine eigene Meinung hat. Und damit müssen die Eltern erst mal zurechtkommen, weil man nicht mehr das kleine Baby ist, auf das man aufpassen muss."

„Da ist bestimmt was dran, ja."

Inzwischen waren sie am Stadtrand angekommen. Hier erstreckten sich kleinere Ackerflächen und Wiesen, auf denen einzelne knorrige Bäume Schatten spendeten, und dahinter floss der von Bäumen und Sträuchern gesäumte Fluss aus der Stadt heraus. Mitten durch die Wiesen zog sich ein geteerter Weg, der sich perfekt zum Skaten, Radfahren und Joggen eignete, weshalb hier gerade samstagmorgens und in den Abendstunden im Frühling und Sommer viel los war. Jetzt dagegen war es mittags an einem Ferienmittwoch, und außerdem war es wohl den meisten zu heiß, sodass die Strecke fast gänzlich frei vor ihnen lag.

„Nach rechts oder nach links?", fragte Rick und bremste ab.

Kat hielt neben ihm und zuckte mit den Achseln. Dann sah sie eine Bewegung im Gras auf der anderen Seite des Weges, etwas Kleines, Graubraunes ... Sie stieß Rick mit dem Ellenbogen an und flüsterte: „Guck mal da – ein Kaninchen!“

Das kleine Tier hob den Kopf, schaute zu ihnen hinüber, die runden Ohren zuckten – und dann rannte es davon und verschwand so schnell im hohen Gras, dass man ihm mit den Augen kaum folgen konnte.

„Die gibt's hier öfter“, sagte Rick.

„Trotzdem schön, oder nicht? – Fahren wir nach links, dann stören wir es nicht weiter.“

Einen Augenblick lang fuhren sie schweigend durch die Wiesen. Kat begann zu schwitzen, die Sonne knallte ganz schön. Gut, dass sie sich in weiser Voraussicht schon gleich nach dem Duschen mit Sonnenmilch eingecremt hatte.

Neben ihr begann Rick auf einmal leise zu kichern.

„Was ist denn jetzt los?“, fragte sie.

„Mir fiel nur gerade dieser Witz ein. Total dämlich, aber ich finde ihn zum Auf-dem-Boden-rollen.“

„Ja, und? Jetzt will ich ihn auch hören!“

„Was hoppelt durch den Wald und qualmt?“

„Was?“

„Ein Kaminchen!“

Sie schauten sich an und prusteten los, so sehr, dass sie nicht mehr richtig Schwung bekamen und immer langsamer wurden.

„Boah, ist der schlecht!“, brachte Kat schließlich heraus. „Noch schlechter ist bloß der hier: Stehen zwei Kühe auf der Weide. Sagt die eine zur anderen: ‚Muh!‘ Sagt die andere: ‚Mist, das wollte ich auch gerade sagen!‘“

„Oder der“, sagte Rick atemlos: „Wie heißt das Reh mit Vornamen? Kartoffelpü!“

„Pass auf, gleich fliege ich hin, weil ich vor Lachen nicht mehr stehen kann“, ächzte Kat, als sie wieder Luft bekam.

„Du sollst ja auch nicht stehen, sondern fahren!“, bemerkte

Rick, und sie kicherten gleich weiter. Dann boxte er ihr in den Oberarm. „Was ist, fällt dir schon keiner mehr ein?"

„Ha, das hättest du wohl gerne! Das Duell gewinne ich! Pass auf, jetzt kommt der absolute Superwitz: Was hängt an der Wand, macht tick-tack, und wenn es runterfällt, ist die Uhr kaputt?"

Rick lachte so, dass er die Inliner ausrollen lassen und sich mit den Händen auf den Oberschenkeln abstützen musste. „Das überlebe ich nicht!"

„Ich auch nicht", japste Kat. „Wir werden uns totlachen!"

„Und dann stellen wir diesen Witz nach: Sitzen zwei Leichen auf der Mauer", brachte Rick mit Mühe hervor. „Fällt eine runter, zwei sind tot."

„Gnade!", jammerte Kat und hielt sich den Bauch.

„Gibst du auf?"

„Niemals! Warte ... Warum hat der Elefant –"

„Oh nein!", quietschte Rick. „Keine Elefantenwitze!"

„Oh doch, da musst du durch", erklärte Kat keuchend und holte mühsam Luft, um den Witz zu Ende zu erzählen.

***

Als Kat am Donnerstag mit dem Fahrrad zum Stall fuhr, um zum ersten Mal allein mit Otto zu arbeiten, war sie doch ein wenig aufgeregt. Vor allem aber fühlte sie sich wie eine echte Westernreiterin und freute sich einfach auf Otto. Für heute hatte sie sich eine Runde Bodenarbeit vorgenommen, so als Einstieg. Hoffentlich würde alles genauso gut klappen wie mit Mom zusammen!

Sie war noch nicht aus ihrem Wohngebiet heraus, da kam ihr eine Idee. Sie bremste abrupt und holte ihr Handy aus der Tasche.

Fahre gerade zum stall, erstes mal allein bodenarbeit mit otto. Bist du da?

Rick antwortete sofort: *Mache mich sofort auf den weg. Das kann ich mir nicht entgehen lassen!*

Kat grinste und wollte das Handy schon wegstecken und weiterfahren, da blökte es noch einmal.

Oder stört dich das, wenn wer zuguckt?

Dann hätte ich dich ja nicht angetextet.

Gut. Dann bis gleich!

Also, da sage noch mal jemand, Jungs könnten nur entweder unsensibel oder uncool. Rick war ja wohl definitiv beides nicht!

Und dann konnte er auch noch witzig sein. Kat kicherte, als sie an gestern dachte. Sie hatten sich so lange Witze erzählt, bis selbst die besseren nicht mehr lustig und sie beide völlig erschöpft vom Lachen waren. Sehr viel Strecke hatten sie nicht gemacht, aber sie hatten eine richtig schöne Zeit zusammen gehabt. Ja, er war schon ein echt netter Kerl. Beschwingt trat sie in die Pedale.

Otto von der Koppel zu holen, gestaltete sich schwieriger als gedacht. Er hatte ganz offensichtlich überhaupt keine Lust, drehte ihr den Hintern zu und ging sogar weg, als sie mit dem Halfter näher kam. Beim Überstreifen schüttelte er den Kopf so, dass sie den oberen Riemen erst beim zweiten Versuch über seine Ohren bekam, und danach ließ er sich ziehen. Nur mit Mühe bekam Kat ihn überhaupt von der Weide herunter, und auch auf dem Weg blieb er mehrfach stehen und reckte höchstens ein wenig den Hals, wenn sie am Strick zog. Ihr T-Shirt war schon schweißnass, als sie am Stall ankamen. Na, das konnte ja heiter werden!

Nachdem sie Otto die Hufe ausgekratzt hatte, beschloss sie, ihn doch noch ein wenig zu putzen. Am Bauch direkt neben den Vorderbeinen sah man deutlich, wo beim letzten Mal Reiten der Sattelgurt gelegen hatte, denn dort war das Fell noch ganz verklebt vom Schweiß. Das ging durch Wälzen auf dem Gras auch nicht weg, und es juckte bestimmt. Sie war gerade dabei, die Stelle mit dem Gummistriegel zu bearbeiten, als Rick kam.

„Hey!", sagte er und lächelte sie an, während er sich die Haare aus dem Gesicht pustete. „Na, Otto hat wohl das letzte Mal auch ordentlich geschwitzt, was? Mann, das ist aber auch heiß! Und da hängen wir am Stall rum und lassen uns von Fliegen auffressen, statt ins Schwimmbad zu gehen ... und das mit Begeisterung. Manchmal verstehe ich mich ja irgendwie selber nicht."

Kat lachte. „Bin gleich so weit, dann kannst du mit mir in die knallende Sonne auf den Platz gehen oder in die backofenheiße Halle. Je nachdem, wo frei ist."

„Klingt großartig. Und es wird wohl der Platz werden, in der Halle ist schon jemand am Reiten. Ich hole schnell meinen Hut. Du hast doch hoffentlich auch was für deinen Schädel mit? Sonnenstich ist nicht lustig!"

„Oh, Mist! Das habe ich total vergessen!", stöhnte Kat. Dann fiel ihr etwas ein. „Moment, Mom hat da was im Spind liegen. Hole ich gleich, wenn ich das Putzzeug zurückbringe."

„Dann ist ja gut. Ich komme dann gleich zum Platz, okay?"

„Alles klar!"

Kat bürstete noch einmal über Ottos Fell, ließ dann die Kardätsche in den Putzkasten fallen, klappte den Deckel zu und brachte den Kasten in Moms Spind zurück. Ja, tatsächlich, da lag auch das Stoffhütchen, das Mom für genau solche Gelegenheiten wie diese dort aufbewahrte. Es war senfgelb und schon ziemlich ausgebleicht, was die Sache aber nur geringfügig besser machte. Aber es war ein Sonnenschutz. Kat seufzte und setzte das Ding auf den Kopf. Gut, dass es hier keinen Spiegel in der Nähe gab, sonst wäre sie womöglich doch noch in Versuchung gekommen, es wegzulassen.

„So, Ottolein“, sagte sie, als sie wieder draußen ankam. „Dann wollen wir mal.“

Rick, mit einem seiner coolen Cowboyhüte auf dem Kopf, hatte schon den halben Weg zum Reitplatz zurückgelegt, als sie Otto vom Putzplatz führte. Er hörte Ottos Schritte auf dem Kies und drehte sich um. Dann prustete er los. „Sorry, aber das ist ja wohl der Supergau unter den hässlichen Sonnenhütchen.“

„Ich weiß“, sagte Kat und bemühte sich, sein Gelächter nicht schlimm zu finden, sondern lustig. Es gelang nur halb. „Gehört meiner Mutter. Aber man sagt ja, Hirn ist auch sexy, also schütze ich meins mal lieber und versuche, nicht eitel zu sein. Wäre natürlich nett, wenn du mich dabei etwas unterstützen könntest.“

„Okay, tut mir leid“, sagte er, immer noch breit grinsend und das Lachen unterdrückend. „Ich versuche mein Bestes.“

„Danke“, sagte Kat würdevoll und begann dann selbst zu grinsen. „So, Schluss mit den Albernheiten, jetzt wird gearbeitet. Komm, Otto, lass dich nicht so ziehen!“

„Ähm“, machte Rick.

„Was?“

„Soll ich dir Tipps geben oder die Klappe halten?“

„Sehe ich so aus, als wollte ich vor dir angeben?“, fragte Kat und deutete auf das Hütchen. „Natürlich darfst du mir Tipps geben, das wäre sogar ziemlich klasse!“

Er kicherte wieder. „Das Argument ist schlagend. Und gelb.“ Dann wurde er ernst. „Also: Wenn er sich so hinter dir herziehen lässt, läuft schon was verkehrt. Eigentlich sollte der Strick locker sein und er dir freiwillig folgen. Stell dich mal neben seinen Kopf.“

Kat gehorchte.

„So, und jetzt pass auf, dass du aufrecht stehst und selber genau weißt, wo du wie hinwillst – dass du der Boss bist. Dann sagst du ‚Komm‘ oder ‚Los‘ oder was auch immer du willst, und dabei zupfst du ein bisschen am Strick. Nicht ziehen, dann stemmt er sich nur dagegen. Auf Druck antwortet ein Pferd immer mit Gegendruck. Stattdessen gibst du lieber mehrere leichte Impulse und gehst einfach los. Wenn er darauf nicht reagiert, dann tippst du ihn mit der Gerte am Bauch an, an der Stelle, wo beim Reiten der Schenkel liegen würde. Probier's mal!"

Kat holte tief Luft und versuchte, sich wie Ottos Chef zu fühlen. Dann sagte sie „Komm!", zupfte am Strick und ging los. Otto machte einen Schritt und blieb dann wieder stehen.

„Noch mal mit Gerte!", sagte Rick.

Kat stellte sich wieder neben Ottos Kopf, zupfte und versuchte, ihn mit der Gerte zu berühren. Das war schwieriger als gedacht, schließlich wollte sie sich dabei nicht umdrehen, sondern gleichzeitig losgehen. Also fuchtelte sie blind mit der Gerte hinter sich herum. Doch bevor sie Otto irgendwo berühren konnte, spürte sie plötzlich, wie ihr das Hütchen vom Kopf gezogen wurde. Vor Überraschung ließ sie fast die Gerte fallen. Otto stand neben ihr, das gelbe Stoffteil zwischen den Zähnen, schlug mit dem Kopf und sah sehr zufrieden aus.

Kat musste lachen. „Hey, du Untier!"

Rick kicherte. „Ihm gefällt das Ding wohl auch nicht. Das Pony hat eben Geschmack!"

„Na, solange er nicht auf den Geschmack kommt und es auffressen möchte ... Nun gib schon her, Otto!" Sie zerrte an dem Stoff, aber Otto ließ nicht los. Dann fiel ihr der Trick ein, mit dem man beim Auftrensen nachhelfen konnte. Sie steckte ihren Finger seitlich in Ottos Maul hinein, dort, wo keine Zähne mehr waren. Reflexartig öffnete Otto das Maul, und Kat konnte das Hütchen herausziehen. Man sah deutlich Ottos Zahnabdrücke im gelben Stoff, und ein wenig Pferdespucke war auch daran gelandet.

Kat zuckte mit den Achseln und setzte die Kopfbedeckung

wieder auf. „Das kühlt bestimmt sogar etwas“, witzelte sie. Rick grinste immer noch.

„So“, sagte Kat zu Otto. „Jetzt wollen wir aber arbeiten, mein Lieber. Etwas mehr Ernsthaftigkeit, bitteschön!“

Sie stellte sich wieder neben ihm auf, ließ seine Zähne nicht aus den Augen und versuchte es noch einmal. Diesmal spürte sie, wie sie ihn irgendwo am Rumpf berührte. Als sie nun losging, stapfte Otto tatsächlich brav neben ihr her auf den Platz, ohne dass der Strick sich zwischen ihnen spannte. Und das Hütchen blieb auch auf ihrem Kopf.

„Siehste“, sagte Rick zufrieden. „Du musst dich halt durchsetzen, damit er dich als Herdenchef akzeptiert, dann klappt das auch.“

Kat ging mit Otto über den Platz und übte, ihn in gleichmäßigem Tempo hinter sich zu halten. Bei Wendungen büffelte er zuerst immer einfach weiter in der alten Richtung, bis er den Strick spürte, aber mit Ricks Hilfe klappte es schließlich doch.

„So, ich glaube, das reicht, oder was meinst du?“, sagte Kat schließlich, als sie eine flüssige Schlangenlinie gegangen waren, während der Otto die ganze Zeit auf sie geachtet hatte. Sie schaute auf die Uhr. Sie waren zwar erst eine Viertelstunde auf dem Platz und hatten noch nicht einmal Stangen hingelegt, aber es war genug Arbeit gewesen.

„Ja, mach ruhig Schluss. Länger als zwanzig Minuten am Stück können sich die meisten Pferde sowieso nicht konzentrieren. Und man sollte immer aufhören, wenn es gerade gut klappt, das motiviert alle Beteiligten.“

Kat streichelte Ottos Hals. „Ich kann mich bei der Hitze übrigens auch nicht länger konzentrieren. Dann bringe ich ihn mal zurück. Bist du danach noch da?“

Er nickte. „Ich bin heute den ganzen Nachmittag hier. Noch sind ja zum Glück Ferien!“

„Ja, noch", sagte Kat düster. „Ich kriege jetzt schon die Krise, wenn ich an Montag denke."

„Tja, so ist das Leben", seufzte Rick. „Was hältst du von einer Cola aus dem Reiterstübchen vor der Reithalle? Ich lade dich ein!"

„Viel halte ich davon! Super Idee. Bis gleich! – Na los, Otto, du musst jetzt nicht gleich wieder anfangen, dich ziehen zu lassen!"

„Durchsetzen, Kat! Mach ihm klar, wer der Boss ist!", rief Rick ihr hinterher, bevor er sich zum Aufenthaltsraum an der kurzen Seite der Reithalle aufmachte, in dem es einen Getränkeautomaten gab.

Kat musste noch einmal die Gerte benutzen, dann folgte ihr Otto zwar langsam, aber gesittet. Sobald er merkte, dass es Richtung Weide ging, war das Tempo sowieso kein Problem mehr.

Als sie Ottos Halfter und den Bodenarbeitsstrick in den Spind hängte, warf sie auch gleich das Sonnenhütchen dazu. Wenn sie jetzt im Schatten saßen, brauchte sie sich nicht länger als nötig damit zu blamieren.

Rick wartete schon auf sie und hielt ihr eine vom Kondenswasser feuchte Flasche entgegen. Kat nahm sie, trank sofort einen Schluck und ließ sich dann neben ihm auf den Grasstreifen fallen, der sich rund um die Reithalle erstreckte. Von hier aus hatte man alle drei Stallgebäude im Blick, die leicht versetzt hintereinander gebaut worden waren. An den Längsseiten lagen die von Metallgattern eingezäunten Paddocks, die zu jeder Box gehörten. Jetzt waren dort kaum Pferde zu sehen, fast alle wurden morgens auf die Koppeln auf der anderen Seite gebracht und erst abends wieder hereingeholt. In Blues Stall schaute allerdings gerade eine Pferdenase durch die Plastikstreifen, die als Fliegenschutz vor den Eingängen zwischen Box und Paddock hingen.

Kat deutete mit der herrlich kühlen Flasche dort hin. „Warum steht der Fuchs da drin? Ist er verletzt?"

Rick schüttelte den Kopf. „Nee, die arme Socke hat nur blöde Besitzer, die meinen, das teure Tier könnte sich ja verletzen und dann nicht geritten werden. Dabei ist die Reiterin ja auch kein Profi, die von den Gewinnsummen leben würde oder so. Deshalb darf der arme Chuck eben nicht raus."

„Ätzend."

„Jap."

Kat dachte an das Turnier und Ricks Enttäuschung über den zweiten Platz. „Hast du keine Angst, dass Blue sich verletzen könnte und du dann Turniere auslassen müsstest?"

Rick nippte an seiner Cola. „Erstens hat sich Blue bisher noch nie auf der Koppel verletzt, in der Box dagegen sehr wohl. Und zweitens – klar wäre ich enttäuscht, wenn das passieren würde. Aber deswegen nehme ich ihm doch nicht das bisschen pferdemäßiges Leben, was ich ihm bieten kann!"

„Weißt du was? Du bist schon schwer in Ordnung", stellte Kat fest.

Er lächelte sie an und stellte die Cola beiseite. „Du aber auch."

Einen Augenblick lang sahen sie sich einfach nur an, und Kat wurde ganz flatterig im Bauch zumute. Ob er sie jetzt küssen würde? Oder sollte sie ihn küssen? Oder lieber doch nicht? Irgendwie war das in Wirklichkeit alles viel komplizierter als in Filmen. Da waren sich die Leute immer völlig sicher, dass sie sich liebten und jetzt unbedingt küssen mussten.

Und dann ließ sich Rick auf den Rücken fallen, schaute in den Himmel und sagte: „Bevor die Schule anfängt, muss ich unbedingt noch mal ins Schwimmbad."

Und die magische Stimmung verflog. Wenn sie denn überhaupt magisch gewesen war. Eigentlich hatte sie sich mehr verwirrt angefühlt als alles andere.

Rick redete weiter, während Kat noch versuchte, sich zu sortieren. „Mal sehen. Morgen geht's nicht, da hat meine Mutter einen Familien-Einkaufstag angeordnet, daran kommt man nicht vorbei. Am Samstag kommt meine Trainerin, und vorher muss ich dringend endlich das Sattelzeug mal wieder putzen und einfetten. Und am Sonntagnachmittag gibt's Verwandtenbesuch. Bleibt der Sonntagvormittag. Hast du da Zeit?"

„Wofür?", fragte Kat verwirrt.

„Na, fürs Schwimmbad, wovon rede ich denn die ganze Zeit?!"

„Oh", sagte Kat.

„Also? Sonntag um zehn oder halb elf im Schwimmbad?"

„Das geht nicht, da kann ich nicht."

„Was hast du denn am Sonntagvormittag für einen Termin? Rituelles Familienfrühstück oder so? Hätte nicht gedacht, dass deine Mutter der Typ für so was ist."

„Ist sie auch nicht." Kat holte tief Luft. „Aber da sind wir in der Kirche." So, jetzt war es raus. Was würde er jetzt tun – lachen? Ungläubig gucken? Von ihr wegrücken? Blöde Witze reißen?

Nichts davon passierte. Rick setzte sich wieder auf und schaute sie ganz ernsthaft an. „Spannend. Ich kenne sonst keinen in unserem Alter, der in die Kirche geht. Bloß meine Oma. Warum gehst du da hin? Glaubst du an Gott und Jesus und so?"

„Ja, schon. Na ja, und meine Familie geht halt immer, das gehört so dazu, weißt du?"

„Hm. Also, ich weiß ja nicht, ob ich mich aus dem Bett quälen würde, bloß weil das so dazugehört. Gut, meine Eltern gehen halt auch nie in die Kirche. Früher waren wir mal immer an Heiligabend zum Krippenspiel, aber sonst nicht. – Du, glaubst du dann auch an den ganzen Kram mit der Schöpfung und so? Und dass die Evolutionstheorie falsch ist? Und dass Jesus von einer Jungfrau geboren wurde?"

„Na ja, also ...", druckste Kat herum und suchte nach einem Ausweg aus der Falle. Sie wollte doch jetzt mit Rick nicht über die Jungfrauengeburt sprechen! Dann sah sie glücklicherweise Mom auf den Stall zusteuern. Das bedeutete zwar, dass ihre Mutter es offenbar für nötig hielt, sie doch noch zu überprüfen, aber im Augenblick kam ihr Auftauchen Kat wie gerufen. „Du, da ist Mom, ich muss dann mal. Wir texten wieder, ja? Und danke für die Cola!“

Hastig sprang sie auf, winkte Rick noch einmal zu und lief dann über den Hof zu Mom hinüber. Puh, das war ja gerade noch mal gut gegangen!

***

„... der Herr erhebe sein Angesicht über dich und gebe dir Frieden. Amen. – Einen schönen Sonntag wünsche ich Ihnen allen! Und nicht vergessen: Hinten gibt es wieder Stehkaffee. Herzliche Einladung dazu!“

Der achteckige Kirchenbau summte innerhalb von wenigen Sekunden nach diesen Worten von Gesprächen, von Stühlerücken und Menschen, die aufstanden und sich auf den Weg ins Foyer machten, wo Kaffee und Kekse warteten. Kat saß zwischen ihren Eltern und denen von Martin aus dem Teenkreis, und beide Paare machten keinerlei Anstalten, sich zu erheben, sondern schauten andächtig und nachdenklich zum Altarraum (Martins Eltern), lächelten Kat zu, ohne sich zu bewegen (ihr Vater) oder hatten sofort begonnen, sich in akrobatisch verdrehter Pose mit den hinter ihnen Sitzenden zu unterhalten (Mom).

Als sich nach einer gefühlten Ewigkeit von bestimmt einer ganzen Minute nichts an diesem Zustand änderte, stand Kat auf und schob sich kurzerhand an ihren Eltern vorbei, um Helli zu suchen.

Zunächst fand sie aber nicht Helli, sondern den harten Kern des Teenkreises, bestehend aus Martin, seinem Freund Joel und den Unzertrennlichen Rebecca, Sophie und Paula.

Paula hielt sie gleich am Arm fest und zog sie in ihren Kreis. „Hey Kat! Coole Predigt heute, oder?“

„Hm“, machte Kat vorsichtig zustimmend. Der relativ junge Pastor ihrer Gemeinde sprach immer locker und anschaulich, das war heute nicht anders gewesen als sonst. Aber diesmal hatte das, worüber er gesprochen hatte, Kat ein bisschen Unwohlsein beschert – vor allem, wenn sie an das Gespräch mit Rick am Donnerstag dachte. Statt ihm einfach zu erzählen, woran sie glaubte und warum die Sache mit Gott und Jesus etwas Großartiges war, hatte sie sich feige davongestohlen. Und dann jetzt diese Predigt über Nachfolge! Aber sie hatte ganz bestimmt nicht vor, das mit dem Teenkreis zu diskutieren.

„Ja, war voll herausfordernd, die Predigt“, sagte Sophie und schob sich ihre blonden Haare aus dem Gesicht. „Ich hoffe, dass ich das mit der kompromisslosen Nachfolge auch einigermaßen hinkriege, wenn morgen die Schule wieder losgeht.“

„Iiih“, quäkte Martin mit verzogener Miene. „Musst du das jetzt erwähnen? Noch ist Sonntag und Sommerferien!“

„Ja, der allerletzte Tag“, seufzte Paula. „Mein Bruder ist auch gestern wieder gefahren, obwohl sein Studium erst im Oktober weitergeht. Aber ab morgen hat er ein Praktikum.“ Dann begann sie zu strahlen. „Außerdem ... das hab ich euch nämlich noch gar nicht erzählt: Er hat seit Kurzem dort eine Freundin! Cool, oder? Sie haben sich im Studentengottesdienst kennengelernt. Sie heißt Nadja, und er sagt, dass sie total viel gemeinsam haben, auch im Glauben, obwohl sie katholisch ist und wir ja evangelisch. Sie lernen gegenseitig ganz viel voneinander und entdecken neue Sachen, aber bei dem, was sie glauben, sind sie auf einer Linie. Lukas sagt, sie können super zusammen beten. So was wünsche ich mir auch von meinem Freund!“

„Cool“, sagte Rebecca, und die immer überschwängliche Sophie fiel ihrer Freundin gleich um den Hals.

Kat nickte und lächelte, aber in ihrem Kopf war gleich der

unangenehme Gedanke: Rick war kein Christ. Was bedeutete das für sie? Musste sie ihn tatsächlich erst komplett bekehren, bevor sie mehr Zeit mit ihm verbringen oder gar mit ihm zusammenkommen konnte? War es wirklich so wichtig, dass beide Partner Christen waren und man zusammen beten konnte?

Zum Glück entdeckte sie in diesem Moment Helli, die ihr eindringlich von der anderen Seite des Saales aus zuwinkte, und beeilte sich, zu ihrer Freundin zu kommen. Mehr wollte sie über dieses Thema jetzt gerade nicht hören.

Helli fiel ihr augenblicklich um den Hals. Das war so ungewöhnlich, dass Kat besorgt fragte: „Was ist los? Ist was passiert?"

Helli ließ sie los und schüttelte den Kopf. „Nein, nein! Aber ... du musst mir gleich unbedingt helfen!"

„Wobei denn?"

„Ich bin heute Morgen schon um halb sechs aufgewacht, und dann habe ich die ganze Zeit wach gelegen und gegrübelt, weil ich vorher wieder von Pferden geträumt hatte – da war so ein Pony, das ... na, ist jetzt eigentlich egal. Jedenfalls habe ich dann beschlossen, dass ich es jetzt einfach mal probiere, meine Eltern zu überzeugen, dass sie mich jeden Donnerstag mit dir zum Stall gehen lassen. Wenn du nichts dagegen hast, natürlich?" Hellis Gesicht war leicht gerötet, und jetzt schaute sie Kat mit etwas unsicherer Miene an.

„Natürlich nicht! Das wäre einfach grenzgenial, wenn das klappen würde! Aber meinst du, das wird was? Bisher hast du dich ja auch nicht getraut zu fragen ..."

„Ja, weißt du – bisher hätte ich ja bloß montags regelmäßig mit dir hingehen können, und da kann ich nicht wegen Klavier. Aber jetzt hast du noch den Donnerstags-Termin. Und weil du da auch nicht jedes Mal reiten willst – willst du doch nicht, oder?"

Kat schüttelte den Kopf. „Bodenarbeit macht total Spaß."

„Gut. Dann können meine Eltern nämlich nicht denken,

dass es mir nur ums Reiten geht und ich davon träume, mich hoch zu Ross toll zu fühlen. Und ich könnte beim Misten helfen, das sollte nun auch nicht hochmütig machen. Und kosten würde es gar nichts, wäre also auch kein Luxus, wie sie immer sagen. Was denkst du?"

Kat überlegte kurz, dann nickte sie. „Ich glaube, das könnte klappen. Einen Versuch wäre es auf jeden Fall wert. Jetzt gleich?"

Helli nickte. „Sonst trau ich mich wieder nicht."

Herr und Frau Abel standen an einem der Stehtische und unterhielten sich mit der alten Frau Müller. Helli holte noch einmal tief Luft und griff kurz nach Kats Hand. Kat drückte die Hand ermutigend, und Helli löste sich von ihr und ging auf ihre Eltern zu. „Mama, Papa, kann ich mal kurz mit euch reden?"

Frau Abel stellte ihre Kaffeetasse ab. „Worum geht's denn?"

Hellis Gesicht war inzwischen noch ein bisschen röter geworden, und als sie die Frage stellte, klang es ein bisschen so, als müsse sie sie mit Mühe herauspressen: „Ich habe gerade Kat gefragt, und sie hätte nichts dagegen, wenn ich donnerstags jetzt immer mit ihr zum Stall ginge. Sie reitet dann nicht immer, und ich würde so gerne einfach nur bei Otto und den anderen Pferden sein, nur zuschauen natürlich. Und ausmisten helfen, wenn ich darf. Bitte?"

Hellis Mutter schaute ihre Tochter einen Moment mit gerunzelter Stirn an. „Das ist dir schon sehr wichtig, oder?"

Helli nickte.

„Wichtiger als Jesus?"

„Das kann man doch überhaupt nicht vergleichen", platzte Kat unwillkürlich heraus und hielt gleich danach die Luft an. Eigentlich hatte sie doch lieber den Mund halten wollen!

„Manchmal schon", mischte sich Herr Abel ins Gespräch. „Manchmal sind einem Dinge dieser Welt so wichtig, dass man die Beziehung zu unserem Herrn vernachlässigt. Danach muss man sich schon immer fragen."

Helli stellte sich gerader hin. „Ich wünsche es mir schon sehr, ja. Aber doch nicht mehr, als ich Jesus lieb habe. Wisst ihr, Pferde sind so wunderbare, freundliche Wesen, und ich freue mich einfach daran, dass Gott so etwas Schönes geschaffen hat und wir mit ihnen zusammen sein dürfen. Wenn ich Pferde sehe, genauso wie zum Beispiel eine schöne Landschaft, dann fühle ich mich Gott ganz nah, weil ich sehe, dass er sich so viel Mühe gegeben hat, all diese herrliche Natur zu machen, damit wir uns daran freuen können. Denkt ihr, das ist falsch?"

Ihr Vater lächelte, und sein sonst fast immer so ernstes Gesicht wurde dadurch ganz verwandelt. „Nein, mein Schatz, das ist ganz sicher nicht falsch. Die Frage ist nur, ob es dabei bleibt oder ob du früher oder später, wenn es normal für dich geworden ist, dort zu sein, eben doch andere, schlechtere Gedanken ins Herz bekommst."

„Aber ich kann doch nicht überall wegbleiben, wo ich vielleicht möglicherweise irgendwann schlechte Gedanken bekommen könnte – das kann doch eigentlich überall passieren, oder?"

Frau Abel seufzte und strich Helli eine aus dem Zopf gelöste Haarsträhne hinters Ohr. „Pass auf: Ich verspreche dir, dass wir darüber nachdenken und beten werden, ja?"

Hellis Vater legte seiner Frau den Arm um die Schultern. „Das ist ein guter Plan. Wir sagen nicht sofort nein, Helene, aber auch nicht ja. Wenn Gott es für gefährlich hält, wird er es uns deutlich machen. Gut?"

Helli nickte und lehnte sich kurz an ihre Mutter. „Danke!" Dann drehte sie sich zu Kat um, und sie gingen ein paar Schritte von dem Stehtisch weg.

„Wir fahren in zehn Minuten!", rief Frau Abel ihr hinterher.

„Okay", rief Helli zurück, dann zog sie Kat zu dem Tisch hinüber, wo die Keksdosen standen. „Ich brauche jetzt erst mal eine Schokostärkung", erklärte sie.

Kat boxte ihr in den Oberarm und lächelte. „Die hast du dir aber auch verdient! – Und, ist das jetzt gut oder schlecht gelaufen, das Gespräch, was denkst du?“

„Gut. Jetzt kommt es nur darauf an, was Gott dazu meint. Wenn es wirklich schlecht für mich wäre, dann will ich es natürlich auch nicht. Aber ich glaube das immer noch nicht.“

Kat nahm sich auch einen Keks. „Dann werde ich jedenfalls auch für dich beten: nämlich dass Gott deinen Eltern klarmacht, dass es was Gutes ist, mit Pferden zu tun zu haben.“

„Danke, das ist lieb von dir.“

„Reiner Eigennutz“, sagte Kat grinsend. „Ich will dich schließlich unbedingt endlich öfter dabeihaben!“

Während sie in ihren Schokokeks biss und kaute, schlich sich allerdings wieder der ungebetene Gedanke an Rick in ihren Kopf, an Paulas Bruder und an das Thema Nachfolge. Gut, Hellis Eltern waren ziemlich krass drauf, aber vom Prinzip her hatten sie ja schon recht: Wenn man mit Jesus unterwegs war, dann sollte einem nichts wichtiger sein als er. Er war schließlich der größte Herr des Universums, der mit ihr durchs Leben gehen wollte und nichts für seine Liebe verlangte – so ähnlich hatte es der Pastor vorhin in der Predigt ausgedrückt. Und dann hatte er gesagt, dass Jesus aber nicht nur Frieden mit Gott gebracht hatte, sondern den Menschen, die sich darauf einließen, auch ein ziemlich lohnenswertes Lebensziel. Denn was brachte es, sich Christ zu nennen, wenn man nicht auch versuchte, mehr so zu werden wie Jesus, die Menschen zu lieben und ihnen zu helfen, aber vor allem Gott zu lieben? Und zwar von *ganzem* Herzen! Ging das womöglich wirklich nicht, wenn man gleichzeitig einen Menschen liebte, der nichts von Gott wissen wollte? War man dann nur mit halbem Herzen bei Gott?

Der Gedanke war unangenehm. Kat schluckte den letzten Rest Keks herunter, der plötzlich nach Pappe schmeckte. Dann atmete sie tief durch. Schließlich war ja bisher bei Rick und ihr von Liebe nun wirklich noch nicht die Rede. Selbst wenn sie am Donnerstag nicht so plötzlich vor seinen Fragen geflohen wäre, hätte Rick sie nicht geküsst, so viel stand fest. Und außerdem sollte sie ja auch die Menschen lieben, da gehörte doch wohl Rick dazu, Christ oder nicht!

„Stell dir bloß vor", sagte Helli in diesem Moment träumerisch, „jede Woche wir beide und Otto – das wäre so schön! Was hast du denn am Donnerstag eigentlich genau mit ihm gemacht bei deiner Bodenarbeit?"

Kat ließ sich liebend gern von ihren Gedanken ablenken – der Bericht fiel so ausführlich aus, dass er sogar Helli diesmal zufriedenstellte.

6. Kapitel

... enthält Verwirrung, unangenehme Fragen und ein Freundschaftsgespräch.

Bis Montagfrüh hatten Hellis Eltern noch keine Entscheidung getroffen. Aber, wie Kat sich und ihre Freundin auf dem Schulweg tröstete, wichtig wurde es ja auch erst am Donnerstag.

Nach der Schule fuhr Kat also wie jeden Montagnachmittag allein zu ihrer Reitstunde zum Stall. Sie war sehr früh dran, also bummelte sie in aller Ruhe zur Koppel hinüber und genoss nach dem ersten Tag im alten Schultrott die Zeit hier draußen, die Sonne, die leichte Brise, die die Blätter der Bäume und Büsche zum leisen Rauschen brachte, und die entspannt grasenden Pferde auf den Weiden. Leider konnte sie das jetzt wieder nur ab und zu nachmittags auskosten. Dass die Ferien aber auch nicht ewig dauern konnten!

Otto schien nicht sonderlich motiviert, aber auch nicht wirklich abgeneigt, als Kat ihn aufhalfterte und von der Koppel führte. Eher sehr träge. Als sie ihn am Putzplatz anband, gähnte er mehrmals herzhaft, sodass sie gleich auch gähnen musste. Warum war das eigentlich so ansteckend, sogar zwischen Pferd und Mensch?

Sie klopfte auf Ottos dicken Hals. „Hey, keine Müdigkeit vorschützen! Gleich wird gearbeitet! Na ja, wenn ich mir dich so angucke, dann werde wohl ich mehr arbeiten müssen als du, um dich in Gang zu kriegen ..."

Als sie die Putzkiste herausgeholt hatte, schaute sie noch einmal auf die Uhr – und stellte fest, dass sie noch mehr Zeit hatte als gedacht.

„Dann können wir jedenfalls in aller Ruhe gründlich putzen und ein bisschen schmusen, Dicker, was?" Kat rubbelte mit dem Gummistriegel und der Kardätsche das wenige an Staub und Sand aus Ottos Fell, das sich bei dem derzeit knochentrockenen Boden darin verfangen hatte. Als sie auch die Hufe ausgekratzt hatte, lehnte sie sich neben dem Ponykopf an den Anbindebalken und kraulte Ottos Stirn und die Ohren. Er ließ den Kopf genießerisch hängen und presste ihn richtig in ihre Hand hinein.

Doch plötzlich hob Otto den Kopf, und seine Ohren stellten sich auf. Kat drehte sich um und erkannte Rick, der vor dem Putzplatz stand und ihr zugrinste.

„Hey!", sagte er. „Na, willst du reiten?"

„Sicher, hab gleich Reitstunde. Und du?"

„Ich komme gerade vom Training. War nicht so berühmt, Blue hatte keine Lust. Aber vielleicht lag das auch an mir, der erste Schultag nach den Sommerferien ist nicht gerade förderlich für die gute Laune ... Wie war's bei dir heute Morgen?"

Kat brummte, bevor sie antwortete. „Na ja. Wie erste Schultage nach den Ferien halt so sind. Viel wurde noch nicht gemacht außer Stundenplangesprächen, bloß unser neuer Geschi-Lehrer hat uns sofort zur Einstimmung einen Riesenbatzen an Hausaufgaben aufs Auge gedrückt."

„Ich habe einen Englischlehrer, der so tickt. Der hat uns gleich mal für übermorgen einen Vokabeltest angekündigt. Ich hätte ihn erwürgen können. Na, und dass die Stimmung sich dann auch aufs Pferd überträgt, ist kein Wunder. Deswegen habe ich das Training relativ schnell beendet, als wenigstens der letzte Galoppzirkel richtig gut geklappt hat."

„Hoffentlich klappt mein Galopp auch gleich. Von Zirkeln wollen wir ja noch nicht reden, bisher ist eine halbe Runde ganze Bahn schon super."

„Klar wird das klappen! Du musst nicht schon vorher dran zweifeln, sondern mit dem Gedanken ‚Das wird super' rangehen, dann wird's meistens auch super. Dein Pony spürt das nämlich genau, wenn du zögerlich bist, und dann wird er auch unsicher. Und außerdem sitzt du dann oft schlechter, weil verkrampfter."

„Klingt logisch. Das ist ja sogar beim Inlinerfahren so. Wenn man unsicher ist, wackelt man auch eher."

„Oh, apropos!" Rick fing an zu grinsen und fummelte sein Handy aus der Hosentasche. „Das muss ich dir unbedingt zeigen, guck mal hier!"

Kat stellte sich dicht neben ihn, um auf dem spiegelnden Display etwas von dem Video erkennen zu können, das er abspielte. „Fährt da einer mit seinem Pferd Inliner oder hab ich einen Knick in der Optik?"

„Du hast keinen Knick, das Mädchen fährt allerdings keine Inliner, sondern Waveboard mit dem Pferd am Strick. Pass mal auf, gleich wird's noch cooler!"

Kat beobachtete das Video, aber dann wurde ihr mit einem Mal bewusst, wie dicht ihr Kopf neben Ricks war. Er war ihr so nah, dass eine abstehende Strähne seiner langen Haare sie an der Wange kitzelte, und das bewirkte, dass sie das inzwischen um das Pferd herumfahrende Mädchen nur noch am Rand wahrnahm. Er roch nach Schweiß und Pferd und darunter hindurch einfach nach Rick, und sie fühlte sich auf einmal irgendwie komisch und befangen.

Rick merkte davon offensichtlich nichts. „Jetzt! Krass, oder? Die vertraut ihrem Pferd wirklich – und das ist auch total cool dabei. Ich glaube, Blue würde erst mal vor Schreck zehn Meter in die Höhe springen, wenn ich von der Seite auf ihn zufahren und gebückt unter seinem Bauch durchrollen würde!“

„Hm“, machte Kat zustimmend, obwohl sie mit den Gedanken gerade überhaupt nicht bei dem Video war. Aber dann fuhr das Mädchen noch einmal unter dem Bauch ihres Pferdes durch, und das war schon wirklich cool. Ob Otto so was zulassen würde? Gut, es wäre natürlich sowieso nicht möglich, dazu war er zu klein im Vergleich zu dem Warmblut, das im Video zu sehen war.

„Fertig. Na, was sagst du dazu?“ Rick steckte sein Handy weg und schaute Kat erwartungsvoll an. Auf einmal war alles wieder normal.

„Echt krass! Aber das muss man bestimmt vorsichtig und lange üben, oder was meinst du?“

„Wahrscheinlich. Wie gesagt, Blue würde das nicht mal eben so mitmachen. Aber üben werde ich so was mit ihm sicher nicht. Es ist zwar cool, aber im Grunde ja ziemlich sinnlos.“

„Aber es macht bestimmt Spaß!“

Rick zuckte mit den Achseln. „Reiten aber auch. Und das ist irgendwie sinnvoller. Übrigens – wann ist deine Reitstunde?“

Kat schaute auf die Uhr. „So bald, dass ich jetzt dringend mal satteln muss.“

„Dann mach das. Ich muss sowieso heim, Vokabeln lernen.“ Er verzog das Gesicht. „Bis später!“

„Ciao! Und viel Erfolg!“

Kat schaute ihm einen Moment hinterher. Dann holte sie Sattel und Zaumzeug, hob den baumlosen Sattel auf Ottos Rücken und angelte unter seinem Bauch hindurch nach dem Gurtende. Ihre Gedanken waren allerdings dabei anderswo. Was war das eben gewesen – ein Anflug von Schmetterlingen im Bauch? War sie vielleicht doch in Rick verliebt? Oder war es einfach nur ungewohnt gewesen, so dicht neben ihm zu stehen? Für Verliebtsein war sie dann doch ziemlich schnell wieder mit dem Video beschäftigt gewesen und hatte sich vorgestellt, wie es wäre, das mit Otto auszuprobieren. Wenn sie wirklich verliebt wäre, hätte sie davon doch sicher gar nichts mitbekommen und hätte Rick stattdessen küssen wollen. Oder?

Bevor sie Otto die Trense ins Maul schob, atmete sie tief durch. Nein, da war nichts gewesen. Und wenn doch, dann hatte sie hinterher Zeit genug, sich darüber den Kopf zu zerbrechen. Jetzt wollte sie reiten, und zwar mit guter Laune – wie hatte Rick das gesagt?

„Das wird super!“, wiederholte Kat seinen Satz. Otto drehte ein Ohr zu ihr hin und gähnte dann noch einmal. Kat musste lachen. „Also, du machst mir ja Mut! – Na, komm, wir gehen rüber. Vielleicht wachst du ja davon auf.“

Entschlossen ging sie los, während Otto müde hinter ihr her schlurfte.

***

Kat war als Erste in der Reithalle. Die drei kleinen Mädchen, die vor ihrer Gruppe dran waren, ritten noch im Schritt ihre Pferde ab, aber Anne winkte Kat und Otto schon zum Warmreiten herein. Eins der Mädchen saß auf Annes Toast, und auf dem Appaloosa-Wallach mit seinen etwa ein Meter fünfundfünfzig Stockmaß sahen ihre Beine unglaublich kurz aus. Sie reichten noch nicht einmal über den Bauch des Pferdes hinaus und standen ein wenig ab. Aber das störte ganz offensichtlich weder das Pferd noch die Reiterin.

Lara kam kurze Zeit später, und fast gleichzeitig tauchte Debbie auf der Tribüne auf, die Toast übernehmen sollte. Eigentlich hieß der Wallach ja *CL Raining Smoke*, aber sein Spitzname passte auf seine ungewöhnliche Farbe namens „Blue Roan“ perfekt: Er sah nun mal einfach aus wie getoastet.

Und er war ein tolles Pferd – freundlich und ruhig, aber im

Gegensatz zu Otto bewegte Toast sich gern und musste nicht ständig angetrieben werden, um nicht im Gehen einzuschlafen. So wie Otto das jetzt gerade tat. Kat presste die Beine an seinen runden Bauch, bis er wenigstens einen Hauch mehr seine Füße vom Boden abzuheben schien.

Debbie stellte gerade die Steigbügel länger, während sich Anne ihre Wasserflasche von der Tribüne angelte und halb leer trank. Als sie den Deckel aufschraubte und die Flasche wegstellte, war Debbie auch aufgestiegen. „Gut, dann starten wir."

Die Dreiviertelstunde Reitunterricht verflog wieder einmal wie nichts. Am Ende durfte Kat auch wieder galoppieren, während die anderen in der Mitte parkten, damit Kat nicht auch noch aufpassen musste, wo sie gerade waren – ans Lenken war schließlich in dieser Gangart bisher nicht zu denken. Beim ersten Mal wurde es eine halbe Runde, bis Otto wieder drei Schritte trabte, um dann sofort in den Schritt zu fallen. Beim zweiten Mal hatte er bemerkt, dass Kat mit dem Treiben noch genauso Probleme hatte wie mit dem Lenken, und stoppte schon nach wenigen Galoppsprüngen ab. Beim dritten Mal half Anne mit einer Longierpeitsche nach, sodass es wieder eine halbe Runde wurde. Schließlich sagte sie ein wenig außer Atem: „So, das reicht erst mal. Aber du sitzt inzwischen schon deutlich besser, Kat. Und der Rest kommt bald. – Okay, dann könnt ihr alle noch ein, zwei Runden Schritt gehen, und dann machen wir Feierabend."

„Na, Kat, was grinst du denn so?", fragte Lara.

„Galoppieren ist einfach grenzgenial!"

„Sowieso!", stimmte Debbie ihr zu. „Ich möchte das ja furchtbar gerne mal am Strand machen. Das muss traumhaft sein! Aber einfach nur im Gelände galoppieren wäre auch schon was. Was meinst du, Anne, können wir nicht mal ausreiten?"

Anne machte ein skeptisches Gesicht. „Ich denke, damit warten wir lieber noch. Ihr seid im Galopp alle noch nicht so sicher, dass ihr euer Pferd halten oder lenken könnt, und vor allem Pitch ist noch viel zu unerfahren, den nehme ich sowieso noch nicht mit raus. Und die anderen könnten sich auch immer mal vor irgendwas erschrecken, da müsst ihr schon einigermaßen sattelfest sein, sonst ist mir das zu riskant. Nächsten Frühling, denke ich. Vorher höchstens mal eine Schrittrunde."

Debbie seufzte. „Schade. Bloß Schritt ist ja eher öde ..."

„Sorry, aber da muss ich an eure Sicherheit denken. Aber für nächstes Jahr verspreche ich euch dafür ein paar richtig schöne Ausritte, okay?"

„Okay, sehe ich ja ein."

„Gut. – Ihr könnt dann aufmarschieren."

Gehorsam lenkten sie ihre Pferde in die Mitte der Halle – oder fast in die Mitte, Otto blieb natürlich schon nach drei Schritten stehen. Alles Treiben half nicht, und Kat war zu müde, zu nass geschwitzt und zu glücklich vom Galopp, als dass sie Lust auf eine Diskussion mit ihrem Pony gehabt hätte, also ließ sie es einfach dabei bewenden und stieg ab.

Weil Otto und Toast in einer Herde und in einem Stall standen, sattelten Kat und Debbie gemeinsam ab und brachten die Pferde auch gemeinsam zurück zur Koppel. Lara holte sie auf dem Weg ein – Pitch hatte es deutlich eiliger, auf die Weide zu kommen, und sie konnte ihn kaum zurückhalten. Seine Koppel lag gleich neben der von Otto und Toast. Während die beiden ruhigeren Pferde einmal tief ausatmeten und dann langsam vom Zaun wegtrotteten, konnten Kat und Debbie beobachten, wie Lara dem ungeduldig tänzelnden Wallach das Halfter abstreifte und er sofort lostrabte, um zum Tankwagen zu kommen, der der Herde Wasser bot. Lara schloss die Stromlitze, Debbie tat auf ihrer Seite dasselbe, und dann trafen sie wieder aufeinander.

„Puh", machte Lara. „Also, manchmal bin ich ihm echt noch nicht ganz gewachsen. Von daher will ich mit ihm auch selber noch nicht ins Gelände. Mag mir gar nicht ausmalen, was dann passieren könnte."

„Vielleicht könntest du Flora nehmen, wenn wir das im Frühling machen", schlug Kat vor.

Lara zuckte mit den Achseln. „Mal sehen, vielleicht ist er bis dahin ja auch schon ruhiger geworden."

Auf dem Rückweg träumten sie gemeinsam weiter vom theoretischen Galopp am Strand, im Wald, in der Prärie und sonstwo. An den Stallungen angekommen, sagte Lara: „Ich hole noch schnell meine Sachen!" und verschwand in der Sattelkammer des mittleren Stalles, in dem ihr Pferd stand.

Als sie herauskam, hatte sie eine Schultasche und einen Gegenstand bei sich, der verdächtig nach einer eingepackten E-Gitarre aussah.

„Ich kam vorhin direkt von der Bandprobe", erklärte sie auf Kats fragenden Blick hin. „Die liegt jetzt nach dem neuen Stundenplan so blöd, dass ich gleich von der Schule aus hierher fahren muss. War ein bisschen ätzend, ich musste von der Bushaltestelle noch eine ganze Ecke laufen, und das bei der Hitze."

„Wow, cool, du spielst in einer Band? Das wusste ich ja noch gar nicht! Was macht ihr für Musik?"

„Alles, was Spaß macht. Aber mehr rockig."

Debbie grinste. „Und deshalb fliegen die Jungs alle auf Lara. Ein blondes Mädchen, das auf 'ner E-Gitarre abrockt – da sind die kaum noch zu halten. Mein Bruder geht auf die gleiche Schule, und der tut immer so, als fände er das albern. Aber eigentlich ist er auch in dich verknallt, Lara, da verwette ich meine Lieblingsohrringe."

Lara lächelte fein und schien überhaupt nicht peinlich berührt zu sein. „Aber du hast ja wohl auch eine Eroberung gemacht, Kat, oder?"

Kat zuckte zusammen. „Hab ich das?"

Debbie verschränkte die Arme. „Na hör dir das an! Hängt

beinahe schon pausenlos mit dem fabelhaften Rick ab und fragt noch ‚Hab ich das'! Wart ihr nicht sogar schon zusammen im Kino?"

Kat spürte, wie es ihr heiß ins Gesicht stieg, und weil sie das ärgerte, wurde sie noch röter. Scheußlich! „Na ja ... schon. Aber ... also, wir sind ja nicht zusammen ... und ob da wirklich was draus wird, ist ja noch gar nicht gesagt ..."

Lara hob die Augenbrauen. „Na, aber hallo! Wenn du den so weit hast, dass er mit dir weggeht, hast du doch schon die halbe Miete! Jetzt musst du ihn bloß noch sichern. Schließlich habt ihr vorhin am Anbindebalken auch schon geknutscht, oder etwa nicht?"

Kat starrte sie entsetzt an. „Nein, wir haben nicht geknutscht, er hat mir bloß was auf seinem Handy gezeigt! Und überhaupt, ich weiß ja auch noch gar nicht, ob ich ihn sichern *will*!"

„Bist du irre?", fragte Debbie entgeistert. „Einen Typen wie Rick lässt man doch nicht sausen! Er sieht super aus, ist total nett und auch noch Reiter! Bei dem hat schon so ziemlich jedes Mädchen hier versucht zu landen."

„Na ja, ich meine ja nur, dass es noch nichts Festes ist und so ..."

„Na, dann bleib halt dran, und viel Glück!" Lara schüttelte den Kopf. Hinter ihnen knirschten Autoreifen auf dem Kies des Parkplatzes, und sie reckte den Hals. „Da kommt deine Mutter, Debbie. Ihr nehmt mich doch wieder mit?"

„Klar. – Bis nächste Woche, Kat! Dann will ich aber wissen, wie Rick küsst!" Kichernd verschwanden die beiden im Auto von Debbies Mutter und ließen eine ziemlich verwirrte Kat zurück.

Ob mit ihr was nicht stimmte? Sollte sie nicht wirklich längst mehr für Rick empfinden, mit Herzflattern, Schmetterlingen im Bauch und ständig an ihn denken? Stattdessen hatte sie nur anfangs für ihn geschwärmt. Inzwischen fand sie ihn eigentlich hauptsächlich nett und unternahm gerne etwas mit ihm ... Vielleicht sollte sie sich einfach bemühen, ihn wieder toll zu finden. Ob man sich das antrainieren konnte?

Stolz machte es sie ja schon, dass jemand wie Debbie sie offenbar beneidete. Und vielleicht würde das Verknalltsein auch noch kommen. Bis dahin würde sie jedenfalls lieber nichts mehr dagegen sagen, wenn jemand meinte, dass sie mit Rick „wegging", sonst hielten sie alle für nicht ganz normal. Auch wenn es sich nicht so anfühlte, als sei sie in ihn verliebt. Und auch nicht, als sei er in sie verliebt – denn sonst hätte er inzwischen doch wohl wirklich mal versucht, sie zu küssen, oder?

Aber vielleicht würde ja noch was daraus. Vielleicht brauchten Rick und sie einfach nur ein wenig mehr Zeit.

***

Eigentlich hätte Kat am liebsten sofort nach der Reitstunde mit Helli gesprochen, aber das ging nicht wegen dieses blöden festgebundenen Telefons in Abels Wohnzimmer. Wie sollte man denn Dinge wie Jungsgeschichten und sonstige Probleme besprechen, wenn man genau wusste, dass die halbe Familie Hellis Antworten hörte und genau registrierte? Unmöglich.

Einfach hinzugehen war leider auch keine Option, denn Helli hatte bis um fünf Klavierstunde, danach musste sie Hausaufgaben machen, um Punkt halb sieben gab es im Hause Abel Abendessen, und danach hatten ihre Eltern den Hauskreis zum Bibellesen da.

Und dann war am nächsten Tag auch noch in der ersten Stunde Chorprobe, die Helli nicht besuchte. Daher sah Kat ihre Freundin erst, als sie kurz vor dem Mathelehrer Herrn Klemm den Klassenraum betrat. Es war zum Verzweifeln, aber das Erzählen musste bis zur großen Pause warten. Vorher konnte Kat nur einen Zettel über den Tisch schieben: *Muss dringend in Ruhe mit dir reden! Wegen gestern!!!*

Mehr musste nicht gesagt werden. Kaum hatte es zur Pause geklingelt, joggten Kat und Helli Seite an Seite die Flure und Treppen hinunter, über den Pausenhof und den Rasen bis zum Kunstpavillion, wo sie sich auf halber Höhe auf die metallene Nottreppe hockten – der beste Platz, wenn man nicht ständig von herumrennenden Fünftklässlern gestört werden wollte.

„Okay“, stieß Helli atemlos hervor, als sie die Stufen hinaufgestiegen waren. „Was war los? Doch nichts mit Otto, oder?“

„Nein, auch sonst nichts Schlimmes. Es war bloß ... Also, ich bin einfach ein bisschen verwirrt. Nach der Reitstunde stand ich mit Debbie und Lara vor dem Stall, und dann meinte Lara, ich hätte ja eine Eroberung gemacht. Wegen Rick, weißt du? Scheint, als wären alle Mädchen am Stall hinter ihm her, und ausgerechnet mit mir hat er sich jetzt schon mehrmals verabredet. Und am Stall hängen wir auch oft zusammen ab.“

Sie schaute zu ihrer Freundin hinüber. Auf deren Stirn hatte sich eine dicke Falte gebildet. Ob sie Sorge oder Missbilligung oder sonst was bedeutete, konnte Kat nicht recht bestimmen. Schnell fuhr sie fort: „Aber das Blöde ist, dass ich immer noch nicht weiß, ob ich was von ihm will. Ich mag ihn, aber es fühlt sich nicht so wie das an, wovon man immer hört, so mit Schmetterlingen im Bauch und dem ganzen Kram – eher wie Freundschaft. Glaubst du, ich bin nicht ganz normal? Ich meine, Rick ist der absolute Traumtyp – sieht umwerfend gut aus, ist total nett und witzig und hat ähnliche Interessen wie ich ...“ Sie zuckte hilflos mit den Achseln.

Hellis Stirn glättete sich. „Meine Güte, jetzt habe ich gerade schon gedacht ... Mach doch nicht so ein Drama daraus! Bloß weil andere das denken, musst du doch nicht mit einem Jungen zusammenkommen! Noch dazu, wenn der kein Christ ist, da wäre eine Beziehung eh schwierig. Was haben sie denn darauf gesagt?"

Kat kratzte sich unbehaglich am Hinterkopf. „Na ja, ich hab das jetzt nicht sooo deutlich gesagt wie dir gerade ... Nur so angedeutet, und da hielten sie mich schon für bekloppt."

„Aha", machte Helli. „Lass mich raten: Daraufhin bist du wieder ein Stück zurückgerudert, stimmt's?"

„Na ja, schon. Das war irgendwie total peinlich, und ich war so überrumpelt. Ich hatte echt nicht gedacht, dass das so was Besonderes ist, mit Rick abzuhängen."

Helli schaute sie nachdenklich an. „Klingt fast, als wärest du nun stolz darauf, weil die beiden das so sehen ... Und was hast du jetzt vor? Willst du das etwa so stehen lassen, damit alle denken, du hättest was mit Rick, obwohl ihr nur Freunde seid?"

Irgendwie fühlte sich Kat in die Ecke gedrängt. „Keine Ahnung. Vielleicht wird ja auch noch was daraus, da muss ich doch nicht überall rumtönen, dass ich nicht in ihn verknallt bin, oder? Ich meine, ich lüge ja schließlich niemanden an oder so."

Hellis Stirn schlug wieder Falten. „Kat! Du willst doch wohl nicht ernsthaft so tun, als wärst du mit Rick zusammen? Seit wann interessiert dich überhaupt, was die anderen von dir denken? Das hat dich doch bisher auch nie gejuckt!"

„Ja, schon, aber ... ach, ich weiß auch nicht. Das ist alles so verwirrend. Wenn ich doch selber nicht weiß, was ich will!"

„Und was ist mit Rick? Will er denn was von dir?"

Kat zuckte mit den Achseln. „Ich hab keine Ahnung. Ich glaube aber nicht. Ansonsten hätte er sich bisher ziemlich blöd angestellt."

„Und was erwartest du jetzt von mir? Ich kann dir dabei leider wirklich nicht helfen – was du fühlst und willst, musst du schon selber rausfinden."

„Ja, du hast ja recht. Bloß weiß ich einfach nicht, *wie* ich das rausfinden soll! Und noch was – meinst du wirklich, dass Gott nicht will, dass ich als Christ mit einem Nicht-Christen zusammen bin?“

Helli knabberte auf ihrer Unterlippe herum. „Also …“, sagte sie zögernd. „Vor einer Woche hätte ich noch total überzeugt Ja gesagt. Aber ich habe mal in der Bibel nach einer Stelle dazu gesucht, und bisher habe ich noch keine gefunden, wo das so direkt gesagt wird. Na ja, häufig wird ja diese Stelle zitiert, dass man sich nicht mit Ungläubigen unter das gleiche Joch begeben soll. Aber ob das wirklich damit gemeint ist? Ich finde das alles total schwierig. Normalerweise würde ich ja meine Eltern fragen, aber nicht bei dem Thema. Aber ich bin auf jeden Fall ziemlich sicher, dass du dir damit einiges an Problemen einhandelst. Stell dir bloß mal vor, er will am Sonntagmorgen was mit dir unternehmen. Oder am Freitagabend, wenn Teenkreis ist. Er würde dann bestimmt nicht verstehen, wenn dir das wichtiger ist als er. Das kann dich vom Glauben wegbringen!“

„Hm“, machte Kat. „Oder ihn zum Glauben hinbringen …“

„Vielleicht. Vielleicht geht aber auch einfach nur eure Beziehung daran kaputt – oder deine zu Gott.“

Kat boxte sich selbst auf den Oberschenkel. „Mann, warum muss das alles so kompliziert sein?“

Helli seufzte. „Ich weiß doch auch nicht. Und weißt du was? Ich habe eigentlich immer gedacht, das Leben wäre gar nicht so kompliziert, wenn man sich an Gott und die Bibel hält. Aber so langsam habe ich das Gefühl, dass die Bibel doch nicht auf alle Fragen eine direkte, einfache Antwort hat. Und dann kriege ich Angst, wenn ich so was denke, denn ich sollte doch fröhlich voll und ganz auf Gott vertrauen, oder nicht? Darauf, dass er einen Plan für mein Leben hat und alles regelt. Aber ob ich mit dir zum Stall kommen darf oder nicht, das steht zum Beispiel ganz bestimmt nicht so in der Bibel. Was, wenn meine Eltern es mir also einfach nur deshalb sicherheitshalber verbieten, weil sie

Angst haben, es könnte vielleicht falsch sein? Und nicht, weil Gott es gut oder schlecht findet?"

„Haben sie denn schon was gesagt?", fragte Kat.

Helli schüttelte den Kopf. „Ich frage aber auch nicht nach. Drängeln ist immer schlecht."

„Ich könnte gar nicht anders. Wenn ich mir was wünsche, dann falle ich allen auf die Nerven damit, sonst platze ich."

„Ja, das habe ich tatsächlich auch schon bemerkt. So ab und zu. Ein- bis zweimal am Tag, wenn was anliegt." Ein kleines, ironisches Lächeln zuckte über Hellis Gesicht.

In diesem Moment klingelte es zum Ende der Pause, und sie standen auf.

Während sie zum Hauptgebäude zurückgingen, fragte Kat: „Du, meinst du, dass alles so schwierig ist, hängt auch mit der Pubertät zusammen?"

„Bestimmt. Die ist doch laut Eltern an allem schuld."

„Hach ja", seufzte Kat. „Dann wird ja alles besser, sobald wir achtzehn sind."

„Träum weiter."

„Mach ich. Momentan träume ich von Spins und Sliding Stops. Das entspannt."

„Äh – was?"

„Ja, doch: So ein wild im Kreis drehendes Pferd ist – äh, psychedingsbums. Und bei einem, das aus vollem Speed abrupt anhält, ist es ja klar: plötzliches Ende der Anstrengung und Aufregung. Also entspannend."

„Du spinnst!"

„Ich weiß. Aber das ist natürlich auch die Pubertät."

Helli kicherte. „Nee, das ist bloß typisch Kat."

„Ach so. Na, wenn du das sagst ..."

7. Kapitel

... in welchem Kat zum Cowgirl wird und Chips futtert.

„Kat?“ Nur Moms Kopf schob sich zur Tür herein, was ein wenig seltsam aussah. „Ich fahre mal eben zum Reitladen, um endlich vernünftige Lederpflege zu kaufen. Das Zeug, das ich mir im Frühling besorgt hatte, taugt einfach nichts, die Firma scheint mehr für die Werbung zu tun als für das Produkt. Willst du mit?“

Kat klappte das Mathebuch mit einem lauten Knall zu und sprang auf. „Klar!“

„Ach so, Moment, du bist gerade an den Hausaufgaben, oder?“

„Ja, aber ich bin fast fertig, den Rest kann ich nachher noch machen.“

„Na gut, dann fahren wir mal.“

Das Froschauto stand in der Sonne und war so glühend heiß, dass Mom zuerst alle Türen aufriss und die Fenster herunterließ, bevor sie einstiegen. Trotzdem waren sie nach der kurzen Fahrt zum Reitladen beide komplett durchgeschwitzt.

Entsprechend machten sie gleichzeitig „Aaah!“, als sie das angenehm klimatisierte Geschäft betraten, sahen sich an und grinsten.

Dann erst nahm Kat den Laden richtig wahr. Sie war bisher erst einmal hier gewesen, als Mom direkt nach Ottos Kauf Stunden damit zugebracht hatte, ein Halfter für fünfzehn Euro auszusuchen. Damals hatte Kat sich noch nicht für Pferde interessiert und bloß ungeduldig auf ihr Handy geschaut. Jetzt aber ...

Die Regale und Ständer um sie herum waren voller Reiter- und Pferdezubehör. Es roch nach Leder, aus den Lautsprechern dudelte leise klassische Musik. Direkt vor ihnen bot ein Ständer eine Regenbogenpalette an Satteldecken an, vor der Mom gleich erst einmal stehen blieb.

„Das sind die Momente, wo es ein bisschen schade ist, dass man Western reitet", bemerkte sie mit einem leisen Seufzer, während sie mit der Hand durch die Decken fuhr. „Dressurpferde kann man so hübsch anziehen, immer wieder eine andere Farbe. Und dann sich selbst jedes Mal passend dazu ..."

„Ach komm, Mom, als ob du das machen würdest. Du ziehst am Stall doch eh immer die ollsten Klamotten an."

„Auch wieder wahr."

Eine Verkäuferin näherte sich ihnen freundlich lächelnd. „Kann ich Ihnen helfen?"

„Ja, ich brauche Lederpflege für meinen baumlosen Westernsattel. Er ist dunkelbraun."

„Dann kommen Sie bitte mit, die Pflegeprodukte fürs Zubehör haben wir dort hinten."

Mom folgte der Frau, während Kat sich weiter umsah. Reitgerten, Gebisse in verschiedensten Formen, Zügel, Kopfstücke, Halfter, Stricke, eine ganze Reihe von englischen Sätteln, Reithelme, Pferdedecken in allen Farben und Formen, Bücher, Jacken, Reithosen, Stiefel, Schuhe, Bürsten, Hufkratzer, Schwämme – was für ein reizvolles Sammelsurium!

Dann entdeckte sie eine Ecke mit den vertrauten Formen von Westernsätteln, Regale mit fransenbesetzten Chaps, Hüten, glitzernden Showblusen und anderem. Hier fühlte sie sich deutlich mehr zu Hause! Neben den Sätteln war ein Ständer mit Blusen aufgebaut, die teilweise auch noch im Sonderangebot waren. Ein kurzärmeliges, blaukariertes Hemd stach Kat besonders ins Auge. Es kostete wirklich nicht viel, von ihrem Taschengeld war auch noch etwas übrig ... Und es sah einfach herrlich nach Cowgirl aus!

Gerade als Mom mit mehreren Dosen und Tuben herüberkam, entdeckte Kat die Stiefel. Cowboystiefel mit braunem Fuß und türkisfarbenem Schaft, mit eingeprägtem Muster – einfach unerhört cool, und sie hatten auch noch genau ihre Größe. „Mooom?"

Mom seufzte. „Dafür reicht dein Taschengeld nicht, richtig?"

„Schuhe sind da laut Vereinbarung auch nicht mit drin. Und ich brauche doch mal richtige Reitschuhe, ich kann doch schließlich nicht ewig mit diesen ollen Gummistiefeletten reiten, aus denen ich immer hinten rausschlappe! Bitte, Mom! Außerdem wären die dann nicht nur fürs Reiten, die sind so schick, die ziehe ich auch sonst an, dann lohnt es sich doch wieder. Ich hab ja gar nicht sooo viele Schuhe."

Mom nahm den anderen Stiefel hoch und schaute nach dem Preis. „Na, das geht ja noch ... Okay, probier sie an. Wenn sie passen, ist das genehmigt."

Kat strahlte, schlüpfte mit dem nackten Fuß in den Stiefel und ging ein paar Schritte. „Passt super!", entschied sie, also wurden die Stiefel zusammen mit den Lederpflegeprodukten und der Bluse zur Kasse getragen und bezahlt.

„So, mein westernverseuchtes Kind, dann lass uns mal nach Hause fahren", sagte Mom, während sie ihr Portemonnaie wegsteckte. „In der brütenden Hitze der Prärie."

„Yeeehah!", machte Kat und schwenkte übermütig die Tüte mit ihren Stiefeln.

Im gleichen Moment trat jemand unvermittelt hinter dem Ständer mit Reithosen neben Kat hervor. Der Schwung der Tüte war so schnell nicht mehr abzubremsen, sodass die Stiefel mit voller Wucht gegen ein Paar Beine in Jeans prallten. „Autsch!", sagte der Jemand.

„Oh, Mist – sorry!", sagte Kat gleichzeitig, und dann schaute sie hoch und erkannte Rick.

„Also, dafür schuldest du mir jetzt was, finde ich." Er rieb sich das Knie.

„Was denn?"

„Na, ein Eis zum Beispiel. Oder wenigstens eine Cola aus dem Reiterstübchen. Schmerzensgeld halt." Er grinste. „Was hat mich denn da getroffen, wenn man fragen darf?"

„Darf man." Kat zog einen der Stiefel aus der Tüte.

„Schick! Kat goes endgültig Western, was?"

„Die waren einfach zu grenzgenial, um sie hierzulassen."

„Na dann ... Übrigens, hallo Silke!"

„Hallo Rick! – Ich gehe schon mal zum Auto vor, Kat. Mach aber nicht mehr zu lange, sonst bin ich hinterher eine Dörrpflaume." Mom verschwand.

„Bist du allein hier?", fragte Kat.

„Nee, meine Mutter hatte mal wieder das Bedürfnis nach einer neuen Turnierhose, und ich lasse mir den Laden immer ungern entgehen."

Kat grinste. „Bei Mom war's Lederpflege."

„Und natürlich hast du auch was gefunden, klar, das passiert immer. Ich habe mir gerade einen Film rausgesucht, hier: Das ist ein ziemlich genialer Reiningreiter und Horseman, der seine Trainingsmethoden zeigt. Und zwischendurch immer schöne Bilder von seiner Ranch in der Wildnis, der züchtet auch Quarter. Die leben in einer halbwilden Herde, ich hab schon mal Ausschnitte davon im Netz gesehen. – Hey, wie sieht's aus, hast du heute Abend schon was vor? Möchtest du sonst mit zu mir kommen und das anschauen?"

„Ja, cool, auf jeden Fall! Ich sag nur gerade Mom Bescheid!"

Eilig flitzte Kat aus dem Laden in die Sommerhitze und zum Froschauto. Mom stand davor und hatte wieder alle Luken geöffnet. „Du, Mom, Rick hat mich gefragt, ob ich mit zu ihm komme, er hat sich einen tollen Film gekauft, von so einem amerikanischen Trainer."

Mom hob die Augenbrauen. „Und was ist mit Mathe?"

„Ach, das ...", sagte Kat. „Das war ja nicht mehr viel. Und leicht ist es noch dazu, das kann ich noch heute Abend machen. Ich komme auch nicht so spät zurück, versprochen!"

„Na schön. Dann sei aber bitte wirklich spätestens um neun wieder da, okay?"

„Yes, Sir!"

„Na, wenn dann bitte ‚Ma'am'!"

„Na, ‚Mom' sag ich doch eh schon immer!" Kat kicherte. „Bis nachher!"

***

Eine gute Dreiviertelstunde später betrat Kat zum ersten Mal Ricks Zuhause, angenehm wenig verschwitzt wegen der guten Klimaanlage in Frau Wegwarths weißem SUV. Das Haus der Familie war eine alte Villa mit geschwungenem Dekor um die Fenster und einem wuchtigen Treppenhaus aus dunklem Holz. Möbel und Dekoration waren als Kontrast dazu komplett in hellen Farben und modernen Formen gehalten – ein aus Glas und Stahl bestehendes Telefontischchen im Flur fiel Kat sofort ins Auge, dazu abstrakte Kunst in weißen Rahmen an den Wänden des Treppenhauses. Durch die halb offene Wohnzimmertür waren ein beigefarbener Teppich und moderne Sofamöbel zu erkennen.

„So, dann viel Spaß", sagte Frau Wegwarth. „Nehmt ruhig Saft und eine Tüte Chips mit rauf. Und ich fahre dich dann gegen halb neun nach Hause, Kat."

„Vielen Dank! Ich kann aber auch Mom anrufen, dass sie mich holt."

Frau Wegwarth winkte ab. „Ach was, das muss nicht sein, ich fahre gerne." Dann wanderte ihr Blick zu Rick hinüber, und sie holte Luft, um etwas zu sagen, schloss dann aber den Mund und nickte ihnen nur noch einmal zu, bevor sie die Wohnzimmertür hinter sich schloss.

„Wetten, dass sie gerade so was sagen wollte wie: ‚Ich kann mich doch darauf verlassen, dass ihr keinen Unsinn macht?'", flüsterte Rick Kat grinsend zu.

Kat grinste zurück und folgte ihm die Treppe hinauf. Erst auf den Stufen fiel ihr auf, dass der Unsinn, den Ricks Mutter vermutlich gemeint hätte, ein ganz anderer war, als das früher in ähnlichen Situationen der Fall gewesen war. Heute hieß das sicher: „Kein Gefummel" statt „Werft die Chips nicht durchs Zimmer" ...

Diese Gedanken verursachten bei Kat ein komisches Gefühl im Bauch. Vor allem, weil sie in diesem Zusammenhang auch noch gleich Debbies Worte im Ohr hatte, sie wolle nächste Woche wissen, wie Rick küsste. Beim Film ergab sich ja vielleicht eine Gelegenheit, andere Leute machten das ja schließlich auch gerade dabei: kuscheln auf dem Sofa und ein Kuss. Aber die Vorstellung fühlte sich immer noch merkwürdig an, nicht so, als würde sie sich das wirklich wünschen. Und sie hatte auch keine Ahnung, wie sie eine solche Situation herbeiführen könnte. Vielleicht war sie wirklich nicht ganz normal.

Ricks Zimmer war ein wohltuender Kontrast zum Rest des Hauses. Hier herrschte eine gemütliche Unordnung: Reitkleidung, Schulsachen, CDs, Filme, Papier, Stifte, Schuhe und Bücher lagen in kleinen Haufen auf allen freien Möbelflächen und am Rand des Fußbodens. Das Bett sah genauso wie die Kommode schon recht ramponiert aus und war von Aufklebern übersät.

„Du hattest wohl mal eine Fußballphase?“ Die Gesichter von Männern vor grünem Hintergrund, die man aus Schokoriegeln holte, waren nicht zu verkennen.

Rick zuckte mit den Achseln. „Die hat fast jeder Junge irgendwann. Bei mir war sie eigentlich ziemlich kurz, aber ich hatte nie Lust, die Dinger da wieder abzupulen.“

Am restlichen Zimmer sah man deutlich, dass die Reitphase dagegen immer noch anhielt – oder viel mehr als eine Phase war. Das Regal neben dem Bett enthielt einen Haufen verschiedenfarbiger Turnierschleifen, mehrere Pokale und Statuetten, die einen Reiter auf einem Pferd im Sliding Stop darstellten. Im Fach darunter fanden sich Bücher übers Reiten, über Pferdehaltung und über alles, was irgendwie mit Pferden zusammenhing.

„Wow“, machte Kat.

Rick trat hinter sie. „Was?“

„Ganz schön viele Siege und ganz schön viele Bücher.“

„Wenn ich was mache, dann mache ich es eben richtig. War schon immer so.“

Kats Blick wanderte zu der Wand über dem Bett, die voller Fotos hing, teilweise gerahmt, teilweise aber auch einfach nur mit Reißzwecken an die Tapete gepinnt. Fast alle zeigten Pferde und sehr viele davon Rick mit Pferden. Auf einigen war ein kleiner Junge zu sehen, bei dem es sich bestimmt auch um Rick handelte. Klein-Rick auf einem braunen Pony zog ihren Blick besonders auf sich. Sie trat näher heran.

„Sag jetzt bitte nicht ‚Och, wie süüüß!‘“, brummelte Rick hinter ihr.

Kat drehte sich halb zu ihm und grinste ihn breit an. „Aber nein, so was sage ich doch nicht.“ Dann schaute sie wieder zu dem Bild, schlug die Hände zusammen und säuselte affektiert: „Ach nein, ist das entzüüückend!“

Gleich darauf fühlte sie Ricks Hand in ihrem Nacken und zog unwillkürlich die Schultern hoch.

„Du Aas! Na warte, das schreit nach Rache!", drohte er grinsend und begann, sie durchzukitzeln. Kat quietschte auf, drehte sich unter Ricks Händen hervor und bohrte ihrerseits ihre Finger in seine Seite. Er schien sogar noch ein wenig kitzliger zu sein als sie, denn er machte laut „Gah!" und klappte auf dem Bett zusammen. Kat stürzte sich sofort hinterher, und eine wilde Kitzelschlacht begann.

Irgendwann japste Rick: „Schluss! Ich kann nicht mehr! Waffenstillstand!"

Kat rollte sich auf den Rücken und ächzte: „Ich auch nicht! Angenommen."

Eine Weile lagen sie so da, halb auf dem Bett, die Beine vorne herunterhängend, und versuchten, ihre überanspruchten Lachmuskeln wieder zu entspannen.

Schließlich setzte sich Rick auf, und Kat machte es ihm nach. Er schaute sie an und lachte. „Du siehst aus wie ein Wischmopp."

Kat kicherte. „Mann, sag doch nicht so was! Ich versuche gerade, wieder Luft zu kriegen! Außerdem ist das nicht sehr gentlemanlike!"

„Ich bin ja auch kein Gentleman, sondern ein Cowboy. Wilder Westen und so, du weißt schon. Da war's auch nicht weit her mit der Höflichkeit."

Kat zog sich das Haargummi aus dem kläglichen Restzopf und versuchte, ihre tatsächlich in alle Richtungen abstehenden Haare wieder zusammenzubekommen. „Apropos Cowboy – auf dem ‚entzüückenden' Bild mit dem Shetty sieht das eher nach Dressur aus, oder?"

„Stimmt. Das ist aber kein Shetty, sondern ein Welsh Mountain Pony namens Penny. Ich habe sie bekommen, als ich sechs war. Und da meine Mutter nun mal Dressurreiterin ist ... Das mit dem Westernreiten habe ich ja erst vor – warte mal ... vor ziemlich genau vier Jahren mit Aristo angefangen. Da, das war unser erster Trail."

Kat zog die Beine an, um sich besser umdrehen zu können, und betrachtete das Foto des zwölfjährigen Rick auf seinem Schimmel, wie er gerade über eine Art kleiner Brücke ritt. „Deine Mutter ... reitet die eigentlich immer noch Dressur?"

„Ja. Allerdings nicht mehr so viele Turniere, weil sie öfter mich zu Reiningturnieren fährt. Beides geht halt meist nicht."

„Finde ich ja nobel, dass sie deinetwegen so zurücksteckt! Aber ihr Pferd steht nicht bei uns, oder?"

Rick lachte. „Da merkt man, dass du meine Mutter nicht kennst! Nein, Waldprinz steht in einem superschicken Reitstall mit Solarium, Führanlage, zwei Hallen, Springplatz und allem Pipapo. Sie muss zwar immer eine halbe Stunde mit dem Auto dort hinfahren, aber das ist es ihr wert, sagt sie. Hier am Ort gibt's keinen Stall mit so einer Ausstattung."

„Solarium? Echt jetzt?", fragte Kat entgeistert.

„Nicht zum Bräunen, falls du das jetzt denkst. Da kannst du das Pferd nach dem Reiten drunterstellen, damit es trocken wird. Die meisten Pferde mögen das, das ist angenehm warm und entspannend. Aber ob man das wirklich braucht ... ich weiß nicht. – So, wollen wir jetzt noch den Film gucken?"

„Klar, rein damit! Ich mache schon mal die Chips auf."

„Tu das, und nimm dir auch ruhig ein Glas Orangensaft."

Ricks großer Fernseher hing dem Bett direkt gegenüber an der Wand. Rick legte die DVD in den mit seiner Musikanlage darunter verbundenen Player und ließ sich neben Kat auf die Matratze fallen. Ein Banjo spielte ein paar Töne, während man einen Schwenk über grandiose Landschaft in Indian-Summer-Farben genoss – und in dem Moment, in dem das Schlagzeug und der Rest der Country-Band einsetzte, galoppierte eine Herde Pferde in allen Farben, mit in der Sonne glänzendem Fell und wehenden Mähnen ins Bild.

„Uiii", machte Kat. „Das fängt ja schon mal gut an!"

„Ja", bestätigte Rick zufrieden. Als der Trainer in Cowboyhut und Karohemd ins Bild kam und von seinen Anfängen mit der Reiterei und seinem Schlüsselerlebnis mit einem als unreitbar geltenden Pferd erzählte, saßen sie beide gebannt da. Natürlich war Kat auch sehr interessiert, als er begann, seine Trainingsmethoden zu erläutern, während er ein junges Pferd einritt. Der Mann erzählte so spannend und abwechslungsreich aus seinem Leben und zeigte nebenher, dass er auch tatsächlich fantastisch reiten konnte, dass Kat auch bei den eher technischen Details des Trainings nicht mit den Gedanken abschweifte. Zwischendurch wurde immer wieder seine Quarter-Horse-Zucht gezeigt; wunderschöne Pferde wurden ganz persönlich mit einigen ihrer Eigenarten und ihrer Geschichte vorgestellt, und man sah Bilder von der tatsächlich fast wild lebenden Herde auf dem riesigen Gelände der Farm.

Als der Abspann über den Bildschirm lief, seufzte Kat glücklich auf. „So müsste man leben ..."

„Tja ...", machte Rick. „Ist schon toll. Aber ganz ehrlich? Das ist mir doch ein bisschen zu einseitig und zu einsam. Ich gehe schon ganz gerne mal ins Kino oder ins Schwimmbad. Und wenn du da Freunde treffen willst, fährst du wahrscheinlich gleich erst mal zwei oder drei Stunden Auto. Och nö."

Kat boxte ihm gegen den Oberarm. „Mann, sei doch nicht so furchtbar realistisch!"

Er grinste. „Sorry, aber für Ponyhof-Fantasien musst du dir schon jemand anders suchen. – Apropos suchen: Sind eigentlich noch Chips in der Tüte?"

Kat schaute hinein. „Nee, komplett leer. Wann haben wir die denn gegessen? Habe ich überhaupt was davon gekriegt?"

„Ich würde sagen, die Indizien auf deinem T-Shirt deuten darauf hin, dass du einiges davon verputzt hast."

„Tatsächlich." Kat pickte die Chipskrümel von ihrem Bauch. „Hab ich gar nicht gemerkt. Schon lustig, vor einem halben Jahr hätte ich noch lautstark gegähnt, wenn ich so einen Film hätte gucken sollen, und heute bin ich total gefesselt davon, einem Typen beim Reiten zuzugucken."

„Tja, so kann's gehen."

Es klopfte. „Seid ihr fertig mit dem Film?", fragte Ricks Mutter durch die Tür hindurch.

„Ja! Komm rein", bestätigte Rick, und sie öffnete die Tür.

„Es ist gleich halb acht – möchtet ihr einen Salat, oder seid ihr von den Chips satt genug?" Dabei hob sie das Tablett etwas an, das sie auf dem rechten Unterarm balancierte. Darauf standen zwei Glasschüsseln voll bunten Salats und ein großes Stück Ciabatta.

„Also, ich hab jedenfalls noch Hunger." Rick sprang auf, um seiner Mutter das Tablett abzunehmen. „Gib her!"

„Danke!", sagte Kat. „Das ist ja echt nett von Ihnen, uns das auch noch raufzubringen!"

„Na, ich dachte mir, ihr wollt wahrscheinlich nicht mit uns gewöhnlichen Sterblichen am Tisch sitzen, sondern lieber unter euch bleiben ..." Damit schloss Frau Wegwarth die Tür hinter sich.

War das jetzt eine Anspielung gewesen? Auf einmal war der leicht unangenehme Gedanke wieder da, dass es eigentlich hätte romantischer zugehen sollen. Jetzt erst fiel Kat auf, dass die Kitzelschlacht vom Anfang mit all den Körperberührungen im Grunde eine Gelegenheit für Kribbeln im Bauch und Kussversuche hätte sein können. War es aber nicht gewesen.

Aber jetzt hatte sie erst einmal Hunger. Energisch drängte sie die unliebsamen Gedanken beiseite und hockte sich zu Rick auf den Fußboden, um Salat zu essen und weiter über den Film zu reden. Egal, was da sonst noch vielleicht irgendwann passieren würde – jetzt war es jedenfalls einfach schön, mit Rick zusammen hierzusitzen und Spaß zu haben. So!

8. Kapitel

... enthält mehr Wildwest, als Kat sich gewünscht hätte.

„Und, Kat, wie läuft's mit deinem Freund?“ Isa hatte sich vor Kats und Hellis Tisch aufgebaut und schaute sie erwartungsvoll an. Hinter ihr standen Marie und Nesrin und spitzten die Ohren. Kat biss sich auf die Unterlippe und wünschte sich, Isa und Marie hätten das vergessen. Dabei war es eigentlich ein Wunder, dass sie nicht schon viel eher auf das Thema zu sprechen gekommen waren, sondern erst über eine Woche nach der Begegnung im Kino.

„Der sieht voll gut aus“, erklärte Marie Nesrin, und die fragte sofort: „Hast du ein Foto auf dem Handy?“

„Nein, hab ich nicht“, sagte Kat und schielte zu Helli hinüber. Helli schaute angestrengt auf ihr Mathebuch, als gäbe es darin etwas Spannendes zu lesen. Dabei mochte sie Mathe eigentlich gar nicht.

„Schade“, sagte Nesrin. „Wie alt ist er denn?“

„Sechzehn.“

„Und? Habt ihr schon ... du weißt schon?“

Kat schnaubte empört. „Spinnst du? Wir sind doch erst seit Kurzem ... wir kennen uns doch noch gar nicht lange!“

„Woher kennt ihr euch denn eigentlich?“, wollte Isa wissen.

„Vom Reiten.“

„Aber geknutscht habt ihr doch, oder?“ Nesrin war hartnäckig.

Kat stand auf. „Leute, ich muss jetzt erst mal dringend aufs Klo.“ Und schon wieder war sie auf der Flucht. *Das wird ja langsam zur Gewohnheit*, dachte sie, als sie die Toiletten erreichte. Und es war ätzend. Aber sie konnte doch nicht sagen: „Hört mal, Leute, ich weiß gar nicht, ob ich überhaupt mit ihm zusammen bin, weil er immer noch keine Anstalten gemacht hat, mich zu küssen, und weil wir nie darüber geredet haben, ob wir was voneinander wollen.“

Was würden die anderen sagen, wenn sie das zugab? Kat fragte sich, was Rick seinen Freunden wohl erzählte, aber das ließ sich schlecht herausfinden. Außer ihm kannte sie nur Lara auf seiner Schule, und die würde sie sicher nicht danach fragen!

Als sie ins Klassenzimmer zurückkam, hatte sich das Thema zum Glück erledigt und kam auch für den Rest des Schultages nicht mehr zur Sprache. Ein Glück! Auf diese Weise konnte Kat das Problem noch mal beiseitedrängen.

Weil in der siebten und achten Stunde die Hockey-AG stattfand, aß Kat heute in der Schulmensa, statt mit Helli nach Hause zu gehen. Als sie schließlich am Nachmittag die Tür aufschloss, war Mom nicht da. Ob sie am Stall war?

Kat brachte ihren Rucksack in ihr Zimmer und schaute auf den Krimi, den sie derzeit las, der sie jetzt aber überhaupt nicht lockte, genauso wenig wie Computer oder Fernseher. Helli hatte heute keine Zeit, weil ihr kleiner Bruder Johann seinen Geburtstag feierte, also war auch kein Abhängen mit der besten Freundin drin.

Kat stand einen Moment mitten im Zimmer, dann sagte sie laut: „Was soll's?“ und griff nach ihren Stallklamotten, die zusammengeknüllt in einer Zimmerecke am Boden lagen. Was sie jetzt brauchte, war eine Dosis Pferd! In kürzester Zeit war sie umgezogen und saß gleich darauf auf dem Fahrrad. Die Strecke zum Stall fuhr sich inzwischen fast schon von allein, und alle Gedanken an Jungen, Klassenkameradinnen und andere Schwierigkeiten verflogen augenblicklich.

Was Mom wohl heute mit Otto gemacht hatte? Es war immer noch heiß, wenn auch nicht mehr so drückend wie kürzlich, und als Kat am Stall ankam und ihr Fahrrad abstellte, war sie klatschnass geschwitzt und hatte Durst. Zu blöd, dass sie nicht daran gedacht hatte, sich etwas zu trinken oder Geld fürs Reiterstübchen mitzunehmen. Na, dann musste sie eben die Zähne zusammenbeißen und warten, bis sie wieder zu Hause war.

Mom war nicht auf dem Reitplatz, dort arbeitete stattdessen Anne mit ihrem neuen Turnierpferd Sally, einer zierlichen Fuchsstute, die einen hochmotivierten Eindruck machte. Anne übte fliegende Galoppwechsel, das erkannte Kat gleich und war deswegen ein bisschen stolz auf sich.

Auch in der Reithalle traf sie nicht auf ihre Mutter – dafür aber auf Rick und Blue, die gerade locker auf dem Hufschlag trabten. Sie überlegte, ob sie ihn begrüßen sollte oder ob sie damit seine Konzentration störte, aber da entdeckte er sie von selbst und parierte Blue zum Schritt durch. „Hi! Na, alles fit?"

„Klar, so spät war es gestern ja nun auch nicht ... Du, ich will dich nicht stören, wollte nur gucken, wer hier drin ist."

„Willst du mit Otto rein? Kannst du ruhig, ich bin so gut wie fertig, wollte gerade mit Trockenreiten anfangen."

Kat schüttelte den Kopf. „Nee, mein Reittag ist ja erst morgen wieder. Ich wollte einfach nur ein bisschen Pferdeluft tanken. Und zu Hause fiel mir irgendwie die Decke auf den Kopf."

Rick ritt durch die Mitte der Halle und hielt kurz vor dem Hufschlag an, sodass er ihr direkt gegenüberstand. „Willst du mal eine kleine Runde auf Blue reiten?"

Kat riss die Augen auf. „Ist das dein Ernst?"

„Warum nicht? Also, bloß gemütlich trockenreiten natürlich."

„Nicht dass ich dann irgendwas kaputt mache, was du mühsam eintrainiert hast ..."

„Quark. Erstens reitest du schon recht gut für das halbe Jahr, das du auf dem Pferd sitzt; zweitens kannst du bei Schritt um die ganze Bahn ja nun wirklich nicht viel falsch machen; drittens ist Blue nicht blöd. Der merkt sehr wohl, wenn da jemand anders als ich auf seinem Rücken sitzt, und weiß, dass er bei mir trotzdem wie immer laufen muss. Komm schon!"

Mehr Überredung brauchte es wirklich nicht. Kat kletterte über die Bande, während Rick vom Pferd sprang. „Ich halte dir gegen, steig auf!"

Kat schwang sich mit etwas Mühe hinauf – Blue war doch ein Stück größer als Otto! Sie setzte sich im Sattel zurecht, ließ die um einiges zu langen Steigbügel Steigbügel sein und griff nach den Zügeln, die auf der schwarzweißen Mähne vor ihr lagen.

„Lass die Zügel ganz locker, das ist wichtig – er hat ein Bit mit Shanks drin. Das sind diese Hebel an der Seite, da wirkt dann das Gebiss stärker, wenn du die Zügel annimmst. Aber du solltest sie eigentlich sowieso nicht brauchen, ihr geht ja nur außen rum, und außerdem lässt er sich leicht durch Gewicht und Schenkel lenken. Dann mal los!"

Kat schob die Hüfte nach vorn und legte die Beine an Blues Bauch, wie sie es gelernt hatte – und erschrak, weil der Hengst sofort in flottem Tempo losging. Von Otto war sie es gewohnt, dass man erst mehrmals auffordern musste, bis sich etwas tat, und dann wurde auch eher geschlurft, wenn man nicht dranblieb. Hier nahm sie sofort die Beine weg, bevor Blue noch antrabte.

Seine Schritte waren ungewohnt, weiter ausgreifend als Ottos wegen der längeren Beine, dadurch ergab sich ein ganz anderes Gefühl im Sattel. Aber es war schön, so zügig im Schritt zu gehen. Kat bemühte sich, gerade zu sitzen und in der Hüfte mitzuschwingen, noch mehr als bei Otto. Sie wollte Blue schließlich auf keinen Fall stören, der ja einen viel besseren Reiter gewöhnt war!

Nach einer knappen Runde ließ er den Kopf nach unten sacken und schnaubte.

„Super!“, sagte Rick. „Du sitzt echt gut für eine Anfängerin. Er entspannt richtig.“

Kat fühlte sich regelrecht wachsen vor Stolz.

„Magst du mal eine Runde traben?“, fragte Rick.

„Echt jetzt?“

„Beine leicht anlegen, schnalzen und Zügelhand vor.“

Zügel? Die hingen doch eh durch? Aber Kat gehorchte natürlich – und Blue trabte tatsächlich an. Oder doch nicht? Es war ein merkwürdiges Gefühl, ganz ohne im Sattel hochgeworfen zu werden, stattdessen waren es ganz weiche Bewegungen, die das Aussitzen zum Kinderspiel machten.

„Ist das richtig? Trabt er überhaupt?“, fragte sie irritiert.

„Er joggt. Alles in Butter, genau so sollte es sein. Hast du noch nie auf einem joggenden Pferd gesessen?“

„Nee. Otto hat zwar weiche Gänge, sagt Mom, aber so läuft der nie. Und auf Flora hab ich nur Leichttraben geübt.“

„Na, dann genieß es. Eine halbe Runde noch, dann lass ihn wieder Schritt gehen, sonst fängt er bei der Hitze gleich wieder an zu schwitzen.“

Nachdem sie noch einmal um die kurze Seite gejoggt waren, parierte Kat Blue wieder zum Schritt durch. *Nicht die Zügel benutzen*, befahl sie sich dabei selbst, sondern atmete nur aus und kippte das Becken nach hinten ab. Prompt blieb Blue komplett stehen, sodass Kat, die darauf nicht gefasst war, erst mal mit dem Oberkörper nach vorn fiel. Verwirrt setzte sie sich wieder auf.

Rick lachte. „Zu viel gemacht. Kein Wunder, du bist an Otto gewöhnt. Reit mal wieder an – vorsichtig, sonst trabt er womöglich gleich wieder.“

Ganz vorsichtig gab Kat die Hilfen, und Blue reagierte sofort mit entspanntem Schritt.

„Siehst du, geht doch! So wie gestern im Film – nur so viel Druck wie nötig, niemals mehr."

„Stimmt. Bei Otto ist immer ziemlich viel nötig. Mal gucken, ob man ihm das auf Dauer abtrainieren kann."

Während Kat am langen Zügel auf dem Hufschlag ritt und Blue sichtlich entspannte, unterhielt sie sich mit Rick über den Film und darüber, wie man einige der Trainingsmethoden auf das eigene Reiten übertragen konnte.

Schließlich sagte Rick: „So, das reicht für heute. Bring ihn mal in die Mitte – am besten ganz ohne Zügel, nur den Oberkörper reindrehen reicht eigentlich."

Tatsächlich, gehorsam bog Blue ab. In der Mitte der Halle hielt Kat ihn an und strahlte zu Rick hinunter. „Das war grenzgenial. Danke!"

„Kein Ding."

Kat sprang ab und streichelte Blue noch einmal über den Hals. Sein Fell war ganz glatt und weich. Otto hatte natürlich auch kein raues Fell, aber es war irgendwie anders, vielleicht waren die Haare einfach dicker. Jetzt riss Blue das Maul auf und gähnte.

„Na, der ist ja tiefenentspannt", bemerkte Rick und streichelte sein Pferd von der anderen Seite. „Komm, Dicker, dann satteln wir mal ab. Feierabend."

Kat folgte den beiden aus der Halle und schloss das Tor hinter ihnen.

„Und, was hast du jetzt vor?", wollte Rick wissen.

„Ich mache mich weiter auf die Suche nach Mom. Ich war mir eigentlich total sicher, dass sie zum Stall gefahren ist, aber ich hab sie noch nirgends gesehen. Vielleicht ist sie auf dem Roundpen."

„Okay, man sieht sich!" Rick ging los, und sein Hengst folgte ihm, die Nase hinter seiner Schulter. Die beiden waren wirklich ein schönes Paar, fand Kat. Dann drehte sie sich um und ging beschwingt um die Halle herum zum kreisrunden, eingezäunten Platz dahinter. Aber dort war überhaupt niemand, also machte sie sich auf den Weg zu den Weideflächen. Wahrscheinlich war Mom längst fertig und danach noch einkaufen gefahren oder sonstwohin, aber dann wollte Kat wenigstens noch ein bisschen Otto knuddeln.

Aber als sie an der Koppel ankam, auf der Otto seine Tage verbrachte, war er dort auch nicht zu sehen. Nur Flora, Toast und die beiden anderen Pferde der kleinen Herde standen unter dem Baum. War Mom also tatsächlich ausreiten gegangen? Bisher hatte sie sich das noch nicht allein getraut, sondern immer nur, wenn Anne in der Reitstunde mitkam.

Tja, dann war es wohl an der Zeit, nach Hause zu fahren. Oder Rick beim Absatteln zuzuschauen, falls er noch dabei war, wenn sie den Stall erreichte. Aber beeilen würde sie sich bei diesen Temperaturen nicht. Langsam bummelte sie also zurück.

„Kaathiii! Suchst du uns?“ Kat blieb stehen und drehte sich um. Tatsächlich, es waren Mom und Otto, die sich vom Ende der Weideflächen her näherten. Aber Mom ritt nicht, sondern führte Otto neben oder eher hinter sich.

„Wo kommt ihr denn her?“, fragte Kat, als sie in Hörweite waren, ohne dass man rufen musste. Jetzt sah sie, dass Otto seine Trense trug, aber keinen Sattel. „Warst du ohne Sattel ausreiten und bist runtergeflogen?“

„Quatsch mit Soße. Das trau ich mich nun wirklich nicht. Nein, wir waren spazieren.“

Kat blinzelte. „Spazieren? Du bist mit deinem Pferd Gassi gegangen?“

„Sozusagen, ja“, sagte Mom und grinste. „Nur dass Otto dabei nicht an Bäume gepinkelt hat. Und Bällchen und Stöckchen habe ich auch keine geworfen.“

„Und wozu das?“, wollte Kat wissen.

„Es stärkt die Bindung, macht uns beiden Spaß, und wir können mal was anderes sehen als immer nur das Stallgelände, ohne dass ich mich gleich auf seinem Rücken in unbekannte Gefilde wagen muss. So kann er mich sehen, und wir sind eine kleine Herde, die neue Gebiete erforscht. Wir waren sogar im Wald.“ Mom zeigte hinter sich, wo sich nach dem Ende der mit Stromzäunen abgesteckten Koppelflächen linker Hand ein kleines Wäldchen erhob. „Und dahinter auch, du weißt schon, wo er sich im Frühling in diesem alten Schafzaun verfangen hatte. Der ist jetzt Gott sei Dank weg, und Otto hat sich auch nicht irgendwie anders benommen dort. Entweder er erinnert sich nicht mehr daran, oder es ist ihm klar, dass da jetzt nichts Gefährliches mehr ist. Er war die ganze Zeit völlig cool.“ Mom kraulte Ottos Mähne.

„Aha“, sagte Kat. „Wie lange wart ihr unterwegs?“

„Ach, nur zwanzig Minuten oder so. War ja das erste Mal, da wollte ich es nicht gleich übertreiben. Wolltest du was von mir oder von Otto, weil du hier bist?“

Kat zuckte mit den Achseln. „Ich wollte bloß Pferdeluft schnuppern.“

„Wenn du noch mal reiten willst, kannst du das gerne machen. Er hat noch nicht viel getan, aber ich muss dringend nach Hause, hab um halb fünf einen Arzttermin. Er ist jetzt schon ein bisschen aufgewärmt und ganz lieb heute, von daher würde es sich anbieten. Aber du musst natürlich nicht.“

„Doch, klar will ich!“, sagte Kat schnell.

„Prima, dann kannst du ihn ja gleich mitnehmen, und ich verschwinde sofort zum Parkplatz. Aber nicht, dass du auf die Idee kommst, ihn zum Satteln an der Trense anzubinden!“

„Nein, ich weiß, wenn er sich dann erschreckt, verletzt er sich im Maul.“

„Genau.“

Kat grinste. „Das wusste ich sogar schon, bevor ich mit dem Reiten anfing – damit hast du Papa und mir ja jeden Western verleidet, weil die Cowboys das immer machen."

„Na, verleidet ..."

„War ein Witz, Mom!"

„Ach so."

Inzwischen waren sie an den Ställen angekommen. „Dann viel Spaß, und mach keinen Unsinn! Mein Helm liegt im Spind, der passt dir ja auch." Mom winkte ihr noch einmal zu und verschwand Richtung Auto.

Kat nahm Otto die Trense ab und legte ihm das Halfter an, das noch am Balken angebunden war. Dann fuhr sie prüfend mit der Hand über Ottos Rücken, doch Mom hatte ihn sicher schon geputzt, denn es fand sich auch nicht das kleinste Dreckkrümelchen. Aber die Hufe sollte sie wahrscheinlich besser noch einmal auskratzen, nachdem er draußen herumgelaufen war. Also holte sie nur den Hufkratzer, den Helm und den Sattel und ließ die Putzbox im Spind.

Erst als sie Moms Helm aufsetzte und mit dem Drehrädchen an ihren Kopf anpasste, fiel Kat auf, dass sie eben auf Blue gänzlich ohne Helm gesessen hatte. Hups! Na ja, war ja nichts passiert. Aber Mom erzählte sie das besser nicht ...

***

Anne war nicht mehr auf dem Reitplatz, der inzwischen leer in der Sonne dalag und nur darauf zu warten schien, dass jemand auf ihm übte. Kat führte Otto hinein und zog den Sattelgurt nach. Als sie aufsteigen wollte, machte Otto einen Schritt nach vorn, sodass sie den Fuß noch einmal aus dem Steigbügel nehmen musste.

„Lass das!", sagte sie streng und nahm die Zügel kürzer, während sie sich in den Sattel schwang. Diesmal blieb er stehen. Sie angelte nach dem zweiten Bügel und drückte dann die Waden an Ottos Bauch – deutlich nachdrücklicher als bei Blue, aber trotzdem ließ sich Otto nur widerwillig in Gang bringen.

Schon nach einer Runde Schritt ließ Kat ihn antraben. Aufgewärmt war er schließlich schon, hatte Mom gesagt. Am liebsten wäre sie natürlich galoppiert, aber das durfte sie ja noch nicht allein. Stattdessen trabte sie mehrere Runden in beide Richtungen und übte sich zumindest im Aussitzen. Otto versuchte mehrfach, von selbst wieder in den Schritt zu fallen, aber nach dem ersten Mal war Kat aufmerksam und trieb ihn wieder an, wenn er auch nur langsamer wurde.

Das Aussitzen war heute schwieriger als in der letzten Reitstunde. War sie steifer, ging Otto schwungvoller, oder lag es daran, dass der Kontrast zu Blues gemütlichem Jog so stark war? Jedenfalls war es regelrecht unangenehm, weil sie so auf und ab geworfen wurde. Während Blue vorhin seinen Hals locker hatte nach unten sinken lassen, reckte sich Ottos Kopf immer mehr in die Höhe, je länger sie ritt. Anscheinend war er längst nicht mehr so entspannt wie nach dem Spaziergang mit Mom. Aber das war ja auch nur gut, er sollte schließlich arbeiten und nicht gemütlich Gassi gehen.

Kat parierte Otto zum Schritt durch und überlegte. Sollte sie wirklich bloß wieder Zirkel und Volten reiten? Eigentlich wollte sie lieber weiterkommen, nicht nur langweilig durch die Bahn traben. Wenn sie wüsste, wie sie ihm das Joggen beibringen könnte, würde sie ja das probieren, aber so ...

Sie lenkte Otto ein Stück in die Mitte und hielt an. Einen Sliding Stop und die anderen Manöver der Reining konnte sie nicht üben, weil sie nicht galoppieren durfte, aber einen Spin sollte man doch hinkriegen. Schließlich hatte sie erst gestern Abend im Film gesehen, wie ein toller amerikanischer Trainer das seinem Pferd beibrachte.

Sie nahm die Zügel nach links herüber, sodass der rechte Zügel an Ottos Hals lag, drückte das rechte Bein an und streckte das linke weg. Otto machte einen Schritt nach vorne. Kat nahm die Zügel etwas kürzer und presste noch einmal den Schenkel an Ottos Bauch. Jetzt bewegte sich Otto leicht schräg, aber immer noch vorwärts, sodass Kat am Zügel zog, um ihn zu bremsen. Er kaute auf dem Gebiss herum. Kat versuchte es noch einmal. Otto biss sich auf der Trense fest und zog ihr die Zügel durch die Hand.

„Mann!“, presste Kat durch die Zähne. Warum klappte das nicht? Wahrscheinlich hatte Otto einfach keine Lust, sich zu drehen. Aber er musste! Jetzt ging es ja gar nicht mehr anders, sonst hätte sie schließlich ihm nachgegeben, und das ging gar nicht, sonst wäre sie ihre Stellung als Herdenchef los. Er musste einfach!

Entschlossen zog sie ihm den Kopf ein wenig mit dem Zügel herum, während sie mit dem rechten Schenkel drückte und schließlich ausholte und klopfte. Otto riss den Kopf hoch.

„Lass das!“, schimpfte Kat und versuchte es noch einmal.

Und dann ging alles ganz schnell. Ottos Kopf verschwand mit einem Mal nach unten, er machte einen Satz, Kat verlor die Bügel und spürte, wie sie durch die Luft flog. Dann landete sie mit voller Wucht auf dem Rücken im Sand. Die Luft blieb ihr weg, und für einige verzweifelte Momente war es, als drückte ihr jemand die Brust zusammen. Als sie endlich wieder atmen konnte, begannen die Schmerzen. Sie pochten durch ihren Körper und sammelten sich immer stärker im unteren Bereich ihres Rückens. Kat hörte sich selbst aufstöhnen, wie von weit weg, und sie stöhnte noch einmal, ein jämmerliches Ächzen, weil es ein wenig Erleichterung brachte.

Irgendwo wurde etwas gerufen, aber sie konnte sich nicht darauf konzentrieren. Dann wurde es dunkel, als sich jemand über sie beugte.

Jetzt drang die Stimme durch die Watte in ihren Ohren durch. „Kat! Kannst du mich hören?"

„Ja", krächzte sie. „Alles in Ordnung."

„Das glaube ich kaum. Meine Fresse, du bist durch die Luft geflogen wie eine Stoffpuppe! Scheiße, und mein Handy liegt im Stall!" Es war Rick, der sie jetzt berührte und ihr vorsichtig über die Wange strich. „Ich bin gleich wieder da. Bleib um Himmels willen bloß so liegen, rühr dich nicht! Du bist voll auf den Rücken gefallen. Beweg dich nicht, hörst du?!"

Dann war er weg. Kat versuchte zu verstehen, was er gesagt hatte, doch sie gab bald auf. Sie drehte den Kopf zur Seite und stöhnte noch einmal. Ihr tat alles weh, und plötzlich hatte sie das Gefühl, als würde sie durch eine Klorolle schauen, weil an den Rändern ihres Sichtfeldes alles dunkel und irgendwie verschwommen wurde. Sie riss die Augen weiter auf, aber das half auch nicht. Was war eigentlich passiert?

Rick tauchte wieder über ihr auf. „Hab zum Glück Anne getroffen. Der Krankenwagen ist unterwegs, und sie ruft gerade deine Mutter an. Wie geht's dir?"

Kat stöhnte noch einmal, bevor sie die Worte herausbekam: „Mir ist so schwindlig."

„Gehirnerschütterung wahrscheinlich. Aber immerhin bist du nicht bewusstlos. Kannst du deine Hände und Füße bewegen?"

Kat versuchte es. Ja, es ging. Sie schluckte, um die Übelkeit loszuwerden, die jetzt aufstieg. „Geht. Mir ist schlecht."

„Au weia. Ich kann doch das mit der stabilen Seitenlage nicht! Aber wenn du dich jetzt übergeben musst ..."

Kat schluckte noch einmal und zog dann die Beine an, um sich auf die Seite zu drehen.

„Ähm, ich weiß nicht, ob das eine gute Idee ist! Falls dein Rücken verletzt ist ..."

„Ist er nicht", murmelte Kat, stützte sich mit der Hand ab

und schob sich in eine sitzende Position hoch. Daraufhin wurde ihr gleich fast ganz schwarz vor Augen, und sie ließ sich wieder zurücksinken.

„Sag ich doch, du solltest lieber liegen bleiben!"

Kat atmete tief durch und schluckte wieder. Langsam konnte sie wieder etwas sehen. „Was ist mit Otto?"

„Der döst friedlich in der Ecke. Um den brauchst du dir keine Gedanken zu machen."

Jetzt trat Anne neben Rick. „Ich kümmere mich gleich um Otto, Kat, keine Sorge. Bleib du bei ihr, Rick, du hast den Unfall ja beobachtet und kannst den Sanitätern mehr sagen als ich, falls sie Fragen haben, was genau passiert ist."

Ein Motorengeräusch ertönte, wurde lauter und erstarb. Autotüren klappten.

Rick stand auf. „Hier!", rief er, und dann kniete sich jemand anders neben Kat hin. „So, bewusstlos bist du schon mal nicht. Wie heißt du?"

„Katharina Meißner. Mir ist schwindlig und ein bisschen schlecht, und mir tut der Rücken da unten am Steißbein weh und auf der rechten Seite."

„Na, das klingt jedenfalls schon mal so, als ob dein Gehirn nicht allzu viel abbekommen hat." Der Sanitäter begann, sie zu untersuchen, während irgendjemand ihr etwas unter die Beine schob.

„Hast du heute genug getrunken?"

Kat versuchte nachzudenken. „Ich weiß nicht ..."

Er nickte gerade und holte Luft, um etwas zu sagen, aber er kam nicht mehr dazu.

„Kat!", rief jemand laut und atemlos. „Das ist meine Tochter, lassen Sie mich zu ihr!"

„Mom", sagte Kat und spürte, wie sich ein Knoten in ihrer Kehle und Tränen in ihren Augen bildeten. Sie wollte, dass Mom sie in den Arm nahm und alles wieder gut würde.

„Kathilein, was machst du denn für Sachen!“, sagte Mom mit erstickter Stimme und hockte sich neben ihr hin.

„Frau Meißner?“, fragte der Sanitäter. Mom nickte stumm. „Gut, dass Sie da sind. Also, Ihre Tochter hat wohl keine Gehirnerschütterung, wie es aussieht, sondern nur einen leichten Kreislaufzusammenbruch durch den Schrecken und die Hitze. Sie war nach dem Sturz schon sehr schnell ansprechbar. Außerdem hat sie eine Prellung an der Hüfte. Wir bringen sie ins Krankenhaus, damit noch mal genau nachgeschaut wird. Es wäre gut, wenn Sie mitkommen würden. Am besten fahren Sie uns mit Ihrem Wagen hinterher.“

„Natürlich!“, sagte Mom, und Kat fasste nach ihrer Hand und ließ sie auch nicht los, während sie zum Krankenwagen gebracht wurde.

Aber sie mussten sich voneinander lösen, als Kat hineingeschoben wurde.

„Ich bin gleich wieder bei dir, mein Schatz! Alles wird gut, und vergiss nicht: Gott passt auf dich auf!“, rief Mom mit erstickter Stimme.

Die Türen schlossen sich und sperrten Mom aus, und Kat fühlte sich schrecklich allein. Ihre Hüfte tat weh, Mom war weg, um sie herum waren fremde Männer und medizinisches Gerät, sie konnte nicht sehen, wohin sie fuhr, und auf einmal war einfach alles zu viel. Sie begann zu weinen und hätte am liebsten laut nach Mom oder Papa gerufen, aber das half ja nicht.

Einer der Sanitäter beugte sich zu ihr und legte die Hand auf ihren Arm. „Na na, Mädchen, das wird schon wieder. Alles halb so schlimm. “

Aber das stimmte nicht. Es war alles so schlimm, wie es nur ging.

9. Kapitel

… enthält viele Kissen, eine unschöne Einsicht, eine gute Nachricht und immer noch schwierige Fragen.

Schon als sie im Krankenhaus ankam, hatte sich Kat einigermaßen beruhigt. Die Sanitäter waren wirklich nett und trösteten sie, so gut sie konnten, während sie ihr etwas zu trinken gaben. Als Mom mit roten Augen wieder bei ihr war, hatte Kat aufgehört zu weinen, und das schwummrige Gefühl und die Sehstörungen hatten sich auch verzogen.

Die Untersuchungen waren gar nicht schlimm, und es stellte sich heraus, dass wirklich nicht mehr passiert war. Sie hatte keine Gehirnerschütterung, und ihre Hüfte war nur geprellt und nicht gebrochen. Was sie nicht daran hinderte, scheußlich wehzutun, aber wenigstens musste Kat nicht länger im Krankenhaus bleiben. Sie wurde mit der Auflage entlassen, in den nächsten Tagen möglichst wenig in die Sonne zu gehen und genug zu trinken. Mom musste ihr nach draußen helfen, weil das Gehen so wehtat. Das Sitzen im Auto war noch schmerzhafter – es gab eigentlich keine Position, wo nicht irgendein Teil des Sitzes an ihre Prellung drückte.

„Armer Schatz!“ Mom streichelte ihr über den Kopf. „Aber da musst du jetzt leider durch, ich kann dich ja nicht auf die Rückbank legen. Und schädlich ist es wohl nicht. Die Fahrt dauert ja nicht lange.“

Das mochte sein, aber es kam Kat trotzdem vor wie eine halbe Ewigkeit, bis sie endlich vor dem Haus anhielten und Mom ihr vom Beifahrersitz half.

„Wo willst du hin?“, fragte Mom im Hausflur. „In dein Zimmer oder aufs Sofa im Wohnzimmer?“

„Sofa“, stieß Kat zwischen zusammengepressten Zähnen hervor. Wenn sie im Moment nur daran *dachte*, die Treppe hinaufzusteigen …

Mom bugsierte sie also auf das Wohnzimmersofa, wo sich Kat sofort auf den Bauch drehte und erleichtert aufstöhnte. „Viel besser!“

„Tja“, sagte Mom und schaute kopfschüttelnd auf sie herunter. „Das bedeutet wohl mindestens einen Tag schulfrei – so kannst du nicht auf den harten Stühlen in der Schule sitzen.“

„Irgendwas Gutes muss das ja auch haben“, murmelte Kat in ihre Armbeuge.

„Brauchst du noch ein Kissen?“

Kat schüttelte den Kopf, und Mom hockte sich auf die Armlehne des Sessels, um ihr gegenüberzusitzen. „Ich hole dir gleich noch das kleine Tischchen aus der Ecke, da können wir was zu trinken draufstellen. Damit du nicht noch mal umkippst. Aber jetzt wüsste ich erst mal gerne, was eigentlich genau passiert ist. Warum bist du runtergefallen? Otto hat doch nicht gebockt, oder?“

„Doch.“

„Das gibt’s ja nicht! Warum bloß? Passt sein Sattel etwa nicht mehr? Oder hat er sich vor irgendwas erschrocken? Hast du was mitgekriegt, dass es irgendwo geknallt hat oder ein Vogel über den Platz flog oder so was?“

Kat schniefte. „Nee. Ich hab bloß versucht …“

Sie beobachtete, wie Moms Stirn Falten schlug. „Was hast du versucht? Doch nicht etwa zu galoppieren? Kat, du hattest versprochen …“

„Ich bin nicht galoppiert“, unterbrach Kat sie. „Ich hab bloß einen Spin versucht.“

Mom blinzelte mehrmals. „Einen *Spin*? Ja, hast du sie denn noch alle? Das kann Otto nicht, und du und ich auch nicht! Das ist eine der schwierigen Lektionen im Westernreiten! Wie kommst du denn auf so eine Schnapsidee?“

„Ich dachte halt ...“ Kat brachte den Satz nicht zu Ende. Eigentlich hatte sie gar nicht viel gedacht. Sie hatte einfach nur mehr *gewollt*. Und der Spin hatte immer so leicht ausgesehen – dabei hätte sie sich eigentlich denken können, dass etwas, was man auf einem Turnier in höheren Leistungsklassen machte, eben nicht sonderlich einfach war.

„Ja, du dachtest wahrscheinlich, du wärst nach vier Monaten Reitunterricht das tollste Cowgirl überhaupt, was?“

Kat brummte und vergrub das Gesicht in Kissen und Arm.

Aber Mom ließ sich nicht einfach ausblenden. „Und dann hat er gebuckelt?“, hakte sie nach.

Kat dämmerte langsam, dass sie richtig Mist gebaut hatte. Sie nahm das Gesicht nicht aus dem Kissen, sodass sie ihre eigene Stimme ganz dumpf hörte, als sie schließlich antwortete: „Er war schon vorher doof drauf. Und dann hab ich es mehrmals probiert. Ich dachte, ich müsste mich doch durchsetzen, wenn er nicht auf mich hört!“

Sie hörte Mom tief aufseufzen. „Dabei wusste er doch einfach nicht, was du von ihm wolltest! Und weil du die ganze Zeit weiter gedrängelt und Druck auf ihn ausgeübt hast, fiel ihm irgendwann nichts anderes ein, als sich durch Buckeln zu wehren. Hoffentlich gewöhnt er sich das jetzt nicht an.“

Kat schniefte wieder und hob den Kopf. „Es tut mir leid, Mom. Ich hab echt nicht nachgedacht, und ich wollte so gerne mehr machen als bloß im Kreis traben. Dabei hatte ich ja eigentlich nicht nur versprochen, nicht zu galoppieren, sondern gar nichts zu versuchen, was ich noch nicht kann. Aber ich dachte ... na ja, ist eigentlich auch egal, was ich dachte. Es war jedenfalls richtig blöd von mir."

Mom stand auf, kam zu ihr herüber und gab ihr einen Kuss auf die Stirn. „Ja, das war es. Vor allem, weil du dich damit in Gefahr gebracht hast. Du hättest auch schlimmer verletzt werden können. Da hat Gott wirklich auf dich aufgepasst, dass es nur eine Prellung geworden ist. Und du wirst in Zukunft sicher vernünftiger sein, hm?"

Kat nickte. „Bist du mir nicht böse?"

„Nein, mein Schatz. Ich bin vor allem schrecklich froh, dass dir nichts Schlimmeres passiert ist. – So, und jetzt hole ich dir das Tischchen, eine Flasche Wasser und ein Käsebrot, falls du magst?"

„Oh ja. Und das Telefon!"

Mom nickte nur und ging. Sie brauchte nicht zu fragen, wen Kat wohl anrufen wollte. „Sie hat vorhin schon mal versucht, dich anzurufen", sagte sie mit Blick auf das Display des Telefon-Mobilteils, als sie wieder ins Wohnzimmer kam. Sie reichte Kat das Telefon und einen Coolpack für ihre Prellung, rückte das Tischchen heran und platzierte das belegte Brot und das Wasser darauf. Dann verließ sie das Wohnzimmer, sodass ihre Tochter in Ruhe telefonieren konnte.

Aber bei Helli war besetzt. Kat versuchte es in der nächsten Stunde noch etwa zehnmal, aber sie kam einfach nicht durch. Ausgerechnet jetzt! Ein Handy besaß Helli immer noch nicht, und ihre E-Mails rief sie nur einmal am Tag direkt nach der Schule ab. Bis acht Uhr war kein Durchkommen im Hause Abel, und danach hatten Hellis Eltern es nicht gern, wenn Kat noch anrief. Seufzend legte Kat das Telefon beiseite. Dann musste sie wohl warten, bis Helli nach der Schule vorbeikam, was sie immer tat, wenn Kat krank war.

Das auch noch!

***

Die Nacht verging sehr unerfreulich. Immer wenn Kat endlich eine schmerzfreie Position im Bett gefunden hatte und eingeschlafen war, wachte sie kurz danach wieder auf, weil sie sich im Schlaf gedreht hatte und wieder auf der Prellung lag.

Daher war sie froh, als es endlich Morgen wurde und sie aufstehen konnte. Als sie die Treppe hinunterhumpelte, traf sie eben noch ihre Mutter an, die gerade den Schlüssel vom Schlüsselbrett nahm. „Morgen, du Invalidin! Und, wie war die Nacht?"

„Bescheiden. Meine Hüfte wird langsam blaugrün und tut immer noch eklig weh."

„Dann lassen wir es dabei, du bleibst heute zu Hause. Morgen sehen wir mal, wie es ist. Und dann ist sowieso Wochenende – bis Montag kannst du hoffentlich wieder einigermaßen sitzen. Versuch, es dir gemütlich zu machen. Ich hab dir ein paar Pferdebücher und einen Stapel Zeitschriften ins Wohnzimmer gelegt, falls dir langweilig wird, außerdem Saft und Wasser. Frühstücken kannst du ja im Stehen in der Küche. Ich muss los, bis nachher!" Rumms, fiel die Haustür hinter ihr ins Schloss, und Kat war allein.

Eigentlich war es ja nett, nicht in die Schule zu müssen – aber nicht, wenn man die freie Zeit nur auf dem Bauch liegend genießen konnte. Nachdem Kat eine Weile so auf dem Sofa verbracht und Moms Pferdezeitschriften und einen Bildband über Mustangs durchgeblättert hatte, schliefen ihr die Finger ein, und ihr Rücken begann zu schmerzen. Sitzen ging aber nur in einer sehr unbequemen, halb-seitlichen Position, wobei zudem andere Körperteile einschliefen.

Um kurz nach zehn blökte es ins schlechte Vormittags-Fernsehprogramm hinein. Wer schrieb ihr denn da aus der Pause? Sie angelte nach dem Handy und sah sofort Ricks Profilbild neben der Nachricht.

Hey du, wie gehts dir denn? Mach mir sorgen!

Wie lieb! Kat beeilte sich, zurückzuschreiben. *Halb so wild, meine hüfte ist geprellt. Bin aber zu hause.*

Dann bin ich ja beruhigt. Sah echt heftig aus gestern! Gute besserung!

Lächelnd legte Kat das Handy weg und wechselte wieder einmal ihre Position und den Fernsehsender. Beides half nicht viel. Die Stunden zogen sich zäh in die Länge.

„Man sollte einfach nicht vom Pferd fallen", stellte Kat laut fest und musste trotz allem über diese dämliche Aussage grinsen. In genau diesem Augenblick klingelte es an der Tür. Vorsichtig wälzte Kat sich vom Sofa und humpelte durch den Flur.

Vor der Tür stand Helli und streckte ihr eine Packung Karamell-Schokoladenbonbons entgegen, Kats Lieblingssüßigkeit. „Ich hoffe, du hast nicht die Magen-Darm-Grippe und kannst die Dinger gar nicht essen!"

„Nein, ich bin nicht krank, also, nicht in dem Sinn. Komm erst mal rein!"

Helli stellte ihre Schultasche im Flur ab, während Kat die Tür schloss. „Warum warst du denn dann nicht in der Schule?"

„Ich bin vom Pferd gefallen. Hüfte geprellt, ich kann momentan nicht sitzen und auch nur rumhumpeln, weil das blödsinnig wehtut."

„Ach du liebe Zeit! Was ist denn passiert?"

„Kurzfassung: Ich hab Mist gebaut und Otto hat mich abgebuckelt. Als du anriefst, waren wir gerade im Krankenhaus, und danach war bei euch dauernd besetzt, sonst wüsstest du das natürlich schon längst."

Helli holte tief Luft und öffnete die Wohnzimmertür für Kat. „Ja, Mama hat gestern stundenlang mit Tante Ruth geredet, die hat wohl irgendwelche Probleme. Aber ich glaube, es ist vielleicht ganz gut, dass du nicht durchgekommen bist. Das wäre echt nicht so gut gekommen, wenn dein Unfall reingeplatzt wäre – als ich angerufen habe, hatten sie mir nämlich gerade gesagt, dass ich jetzt tatsächlich darf. Also, mitkommen, wenn du zu Otto gehst!"

„Wie grenzgenial!", stieß Kat hervor und ließ sich vor lauter Begeisterung rücklings auf das Sofa fallen – was sie sofort außerordentlich bereute. Es tat blödsinnig weh, und das blieb auch so, als sie sich auf die nicht betroffene Pohälfte drehte.

„Au weia, du Arme! Kann ich irgendwas machen?", fragte Helli besorgt.

„Nee", presste Kat zwischen den zusammengebissenen Zähnen hervor, während sie die Tränen wegblinzelte, die ihr in die Augen geschossen waren. „Geht von selber weg. Mann, bin ich blöd!"

Nach einigen Runden tief Luftholen wurde der Schmerz erträglicher und Kat konnte wieder an etwas anderes denken – nämlich daran, was ihren Fehler ausgelöst hatte. „Deine Eltern haben wirklich gesagt, dass du jetzt jeden Donnerstag mit zu Otto kommen kannst?"

„Ja, haben sie. Also unter Vorbehalt, falls sie nicht doch merken, dass mir das nicht guttut. Und beim ersten Mal wollen sie mitkommen, sich das Ganze anschauen und dann endgültig entscheiden. Das geht doch, dass sie mitkommen, oder?"

„Klar! – Oh Mann, und ausgerechnet jetzt falle ich vom Pferd!"

„Wie ist das eigentlich genau passiert?"

„Also, das war so ..." Kat erzählte die ganze Geschichte, vom Ritt auf Blue bis zu ihrer unruhigen Nacht. Als sie am Ende angekommen war, fügte sie hinzu: „Rick hat mir übrigens heute Morgen noch mal aus der Schule getextet und gefragt, wie's mir geht. Nett, oder? Na ja, er war ja auch direkt beteiligt, hat schließlich quasi Erste Hilfe geleistet."

„Hm", machte Helli zustimmend. Dann holte sie Luft, stockte, atmete wieder aus und fragte schließlich doch: „Du, Kat?

Wie sieht es eigentlich da aus? Ich meine, seid ihr dann jetzt zusammen?“

„Was, weil er den Krankenwagen gerufen hat?“

„Na ja, gewissermaßen hat er dich doch gerettet, oder?“

„Er hat den Krankenwagen gerufen. Er ist nicht neben mir in den Sand gesunken und hat ‚Oh nein, geliebte Kat‘ gestöhnt und ‚Du darfst nicht sterben, verlass mich nicht, ich liebe dich doch so sehr!‘, falls du das meinst.“

„Ha ha“, machte Helli. „Ich hatte eigentlich nicht gefragt, ob er schlechte Seifenoperntexte zitieren kann. Also seid ihr nicht zusammen?“

Kat rutschte unbehaglich auf dem Sofa herum. Dann seufzte sie. „Ich weiß nicht. Ich glaube nicht, aber sicher bin ich mir nicht. Und ich weiß einfach nicht, was ich mir wünschen soll. Sonst könnte ich ja mal die Initiative ergreifen und was machen. Aber wenn das wirklich was ist, was Gott nicht möchte ... Wobei du ja auch keine Bibelstelle gefunden hast, wo das direkt verboten wird, oder?“

Helli zögerte und schüttelte dann langsam den Kopf.

„Toll“, sagte Kat. „Voll blöd. Es wäre doch echt schöner, wenn Gott einem einfach immer sagen würde, was man machen soll.“

„Hm“, machte Helli. „Ich glaube, meine Eltern hätten das auch gerne. Aber weißt du, als es jetzt darum ging, ob ich mit dir zu Otto darf, habe ich da viel drüber nachgedacht, und ich frage mich inzwischen, ob das nicht ziemlich langweilig wäre. Ich meine, Gott hat uns doch als Gegenüber geschaffen, heißt es immer. Dann will er doch sicher keine bloßen Befehlsempfänger haben, sondern Freunde. Sagt Jesus auch irgendwo.“

„Warte, ich such das mal ...“ Kat griff nach ihrem Handy und rief die Online-Bibel auf. Da, Johannes 15, Vers 15: ‚Ich nenne euch Freunde und nicht mehr Diener.‘ Ziemlich krass eigentlich, wenn man sich das mal vorstellt: Wir als Gottes Freunde!“ Sie legte das Handy weg. „Und stimmt, dann wäre es ja auch total sinnlos, wenn er uns wie Bediensteten haarklein vorschreiben würde, was wir in welcher Situation wie tun sollen. Dann wären wir schließlich bloß noch so was wie Marionetten. Aber weil er uns als seine Freunde sieht, überlässt er uns viele Entscheidungen selbst. Und wahrscheinlich lernen wir auch mehr, wenn wir unsere eigenen Entscheidungen treffen und auch mal Fehler machen. Ich meine, dass ich nichts machen sollte, was ich noch nicht kann beim Reiten, das wusste ich schließlich. Aber dass das seinen Sinn hat, das habe ich jetzt erst richtig kapiert, als ich Mist gebaut und gemerkt habe, was da passieren kann. Also muss man manchmal vielleicht einfach mal was machen und dann sehen, was daraus wird ... oder so.“

„Aber drüber beten und in der Bibel lesen, sodass Gott zu einem sprechen kann. Und nachdenken. Nicht einfach machen, ohne die Konsequenzen zu bedenken! Weil – ständig Mist zu bauen, bloß weil man ja was daraus lernen könnte, wäre ja auch nicht gerade die beste Idee.“

Kat musste lächeln. „Auch wahr. Bloß muss man halt erst mal wissen, ob etwas Mist ist, und da drehen wir uns schon wieder im Kreis.“

„Na ja ... weißt du, ich habe ja zuerst auch ein bisschen gezweifelt, weil ich einfach keine Bibelstelle finden konnte, in der direkt steht: ‚Du sollst keine Beziehung mit einem Nicht-Christen haben‘, oder so. Es gibt aber schon etliche Stellen, wo aus dem Zusammenhang klar wird, dass es keine gute Idee ist, wenn Gläubige und Nichtgläubige heiraten. Paulus schreibt zum Beispiel so was im ersten Korintherbrief, und im Alten Testament kommt das auch ganz oft vor. Aber vor allem ...“ Helli stockte kurz und suchte nach Worten. Kat war sich nicht ganz sicher, ob sie überhaupt weiter hören wollte, was ihre Freundin zu sagen hatte. Es klang doch wieder alles so nach „Du darfst nicht“, und das war irgendwie so einengend und bedrückend, so als wollte Gott sie in eine Form pressen.

Helli holte noch einmal tief Luft und beugte sich vor. „Weißt du, ich denke, dass wir im Grunde die ganze Zeit die falsche Frage stellen. Vielleicht sollten wir nicht fragen, ob Gott es verbietet oder ob es vielleicht gerade noch so okay ist, sondern ob es dir und deiner Beziehung zu Gott guttun würde. Denn darum geht's ja eigentlich: dass wir näher zu Gott kommen, nicht dass wir irgendwelche Vorschriften einhalten. Und ganz ehrlich – wenn du da die sehr wahrscheinlichen Probleme gegen die Möglichkeit abwägst, dass Rick vielleicht eventuell auch zum Glauben kommen könnte oder ihr vielleicht möglicherweise auch so miteinander klarkommt, ist es schon ziemlich eindeutig, dass man es besser lassen sollte."

„Na ja ..." Kat zögerte. Die Argumente waren überzeugend, aber es fühlte sich trotzdem an wie eine Einschränkung, und das Gefühl mochte sie überhaupt nicht. „Aber ich kann doch nicht abwägen, ob ich mich verliebe oder nicht! Was ist denn das für eine Liebe!"

Helli hob hilflos die Schultern. „Ich sage ja: Es ist alles irgendwie komplizierter, als ich früher dachte. Aber bei einer Sache bin ich mir jedenfalls sicher: dass Gott es gut mit uns meint und dir nicht den Spaß verderben will oder die Liebe deines Lebens wegnehmen, sondern dich nur vor einer Menge Schwierigkeiten und Kummer bewahren möchte. Mal abgesehen davon bist du schließlich bisher eh nicht richtig in Rick verliebt, oder? Sonst wüsstest du das doch wohl!"

„Hm. Aber wenn doch? Und ich kann ihm doch jetzt nicht, ohne einen Grund zu nennen, aus dem Weg gehen, damit ich mich nicht richtig in ihn verliebe! Das ist doch doof – bloß weil er kein Christ ist, ist er doch kein schlechter Mensch, mit dem ich nichts zu tun haben sollte!"

„Das sagt ja auch keiner. Aber eine Beziehung anfangen

wäre ja noch mal was anderes ... ach, ich weiß doch auch nicht. Alles blöd."

„Aber echt."

Die beiden sahen sich ratlos an, dann gab sich Helli einen Ruck und sagte: „Weißt du – ich weiß da jetzt wirklich keine Lösung, aber ich werde für dich beten. Dass du die richtigen Entscheidungen triffst und dass Gott dir einfach im richtigen Moment die richtigen Worte gibst, die du Rick sagen sollst."

„Tja, vielleicht sollte ich auch öfter mal dafür beten", gab Kat zu. „Das mit dem Beten und Bibellesen kommt bei mir leider ziemlich oft zu kurz. Aber ich werde es mir fest vornehmen, dass das besser wird. Und, Helli – danke. Du bist echt die beste Freundin der Welt."

Helli lächelte etwas verlegen. Einen Augenblick schwiegen sie nachdenklich, dann atmete Kat tief durch und beschloss, die schwierigen Fragen erst mal beiseitezuschieben. „Weißt du was? Eigentlich will ich mich jetzt lieber einfach mal freuen, dass du bald mit mir am Stall sein darfst. Das wird so genial!"

„Ganz bestimmt!" Helli konnte nicht anders, als sofort zu strahlen.

Kat lächelte mit und freute sich wirklich auf den nächsten Donnerstag, wenn sie endlich fit genug sein würde, um zu Otto zu fahren. „Darfst du dann auch mal was machen, oder bist du nur zum Zugucken da?"

„Das müssen wir natürlich mit deiner Mutter besprechen. Und meine Eltern haben gesagt, sie wollen sich das alles erst mal mit angucken, dann klären wir die Details. Aber ausmisten darf ich bestimmt."

„Na, das ist ja jetzt nicht gerade das Highlight ..."

„Findest du! Ich freu mich total drauf. Das gehört schließlich dazu, und man ist einfach beim Pferd und macht es ihm schöner, das ist doch toll!"

Kat grinste. „Mal sehen, ob du das auch noch sagst, wenn du es ein paarmal gemacht hast."

Helli hüpfte vor Begeisterung auf dem Sessel auf und ab. „Ja, das werden wir sehen. Ist das nicht toll, dass wir das sehen werden?!"

„Aber hallo!", bekräftigte Kat und rollte sich auf den Bauch, weil ihr die linke Pobacke einschlief.

10. Kapitel

... enthält etwas Klatsch, zwei Entscheidungen und einige Bestechungsmöhren.

Am nächsten Tag konnte Kat immer noch nicht sitzen, also durfte sie noch zu Hause bleiben. Nach dem Wochenende schillerte der Bluterguss in allen Farben, aber er tat nicht mehr so stark weh. Kat nahm ein Kissen mit in die Schule und saß die ganze Zeit auf einer Pobacke. Das Kissen sorgte für einige Lacher in der Klasse, zumal es eines der scheußlichen Dinger war, die Mom von ihrer Tante geerbt hatte. Es war rosa mit Spitzen und Blümchenstickerei, aber es war eben auch das weichste und dickste Kissen, das zu finden gewesen war. Kat biss die Zähne zusammen und ignorierte die dummen Sprüche. Im Vergleich zu der Vorstellung, direkt auf dem harten Stuhl zu sitzen, waren sie nun wirklich harmlos.

Der Heimweg dauerte fast doppelt so lang wie sonst. Als sie endlich die Haustür aufschloss, lief Mom fast in sie hinein. „Huch! Oh je, jetzt hätte ich dich beinahe noch umgerannt, du armes humpelndes Huhn! Ich bin etwas in Eile, muss noch einkaufen, dann zu Otto – weil du ja heute nicht reitest, möchte ich ihn zumindest ein bisschen bewegen –, um halb sechs habe ich noch eine Besprechung wegen des Gemeindebriefes, und heute Abend ist Hauskreis ... Essen steht im Kühlschrank, kannst du dir in die Mikrowelle stellen!" Damit nahm sie Kat die Türklinke aus der Hand und schlüpfte nach draußen.

„Mom!", rief Kat ihr hinterher. „Kommst du nach dem Einkaufen noch mal hierher oder fährst du gleich zum Stall?"

„Klar komme ich noch mal her – bei der Hitze kann ich den Einkauf nicht im Auto lassen."

„Dann komme ich mit, wenn du nichts dagegen hast."

„Zum Einkaufen?", fragte Mom zerstreut, während sie die Fahrertür des Froschautos öffnete.

„Pff", machte Kat. „Zum Stall natürlich!"

„In Ordnung. Dann iss aber schnell!"

„Mach ich!" Kat ließ die Tür ins Schloss fallen und humpelte in die Küche, um sich Reis und Paprika aufzuwärmen.

Mom beeilte sich tatsächlich rasend mit dem Einkauf und kehrte schon mit Korb und prall gefülltem Beutel in die Küche zurück, als Kat gerade die Dose in die Spülmaschine stellte. Kurz darauf waren sie unterwegs. Kat lehnte sich leicht schräg gegen die Autotür, dann war das Sitzen erträglich.

Am Stall angekommen, ließ sie Mom allein zur Weide eilen und wartete lieber am Putzplatz. Aber den Putzkasten konnte sie schon mal aus dem Spind in der Sattelkammer holen, dann ging es für Mom schneller.

Als sie damit wieder aus der Tür trat, sagte jemand von der Seite: „Hey! Da bist du ja schon wieder! Und, wie sieht's aus?"

Rick! Er hielt einen vollen Wassereimer in der Hand, den er jetzt abstellte, um sich dann mit den Armen auf die Anbindestange zu lehnen. Kat stellte den Putzkasten auf den Boden und grinste ihn an. „Grünblaugelblich."

„Autsch."

„Ja. Aber ich fühle mich schon langsam nicht mehr ganz so gehbehindert. Und das Sitzen in der Schule heute Morgen ging mit Kissen auch. Wird also."

„Und – steigst du trotzdem wieder aufs Pferd?"

„Bist du irre? Und dann womöglich noch den Trab aussitzen – ah, das tut schon beim Drandenken weh!“

„Ich meinte überhaupt, also später, wenn die Prellung weg ist.“

„Ja, klar! Wieso nicht?“

„Könnte ja sein, dass du jetzt Angst hast, da wärst du nicht die Erste!“

Kat runzelte die Stirn, überlegte kurz und schüttelte dann den Kopf. „Nö. Noch nicht mal, wenn ich ganz tief in mich reinhorche. Keine Angst da. Ich hab ja auch nicht vor, noch mal so einen Quatsch zu machen und energisch was von Otto zu verlangen, bei dem er gar nicht weiß, was ich von ihm will.“

„Ja, einen Spin muss man langsam erarbeiten. Und Otto kann, fürchte ich, bisher noch nicht mal eine Vorhandwendung.“

„Und ich auch nicht.“

„Lernst du sicher auch bald. Aber erst mal musst du dein Pferd in allen Gangarten richtig reiten können.“

„Eben.“ Kat lehnte sich neben ihm an den Holzbalken, mit der nicht-lädierten Seite natürlich. „Du, Rick?“

„Hm?“

„Danke, dass du dich um mich gekümmert hast, nachdem ich runtergeflogen war, Krankenwagen gerufen und so.“

Er schnaubte, lächelte aber dabei. „Was hätte ich denn sonst machen sollen – zugucken?“

„Trotzdem.“

Einen Moment lang wusste Kat nicht, was sie sagen sollte, und Rick schien es ähnlich zu gehen. Er schaute auf seine Hände und kratzte mit einem Fingernagel Dreck unter einem anderen hervor.

In diesem Augenblick näherten sich Schritte auf der anderen Seite der Hecke, die die beiden Ställe voneinander trennte. Jemand lachte, und dann erkannte Kat Laras Stimme: „... und dann meint Debbie: Also, jetzt ist ‚Katrick‘ ja wohl endgültig ein Ding, das kann sie nach der Rettungsaktion und allem echt nicht mehr leugnen!“

„Ich finde die beiden auch voll süß zusammen.“ Das war Michelle, Laras Freundin. „Schon allein, dass man da so gut einen Doppelnamen draus bilden kann, spricht ja wohl Bände.“

Kichern.

Kat schaute zu Rick, der sie im selben Augenblick mit einem übertrieben panischen Ausdruck im Gesicht ansah. Gleichzeitig begannen sie zu prusten.

Lara steckte den Kopf durch die Hecke. Ihr Gesicht lief in kürzester Zeit knallrot an, als sie Kat und Rick entdeckte. „Habt ihr das gerade gehört?“

„Ja-ha-haaa“, japste Kat und schnappte nach Luft. „Katrick? Ernsthaft?“

„Was? Ist doch süß!“, sagte Lara grinsend, aber immer noch mit rotem Kopf. „Und jetzt muss ich ... äh ... ganz dringend irgendwohin. Glaube ich. Lasst euch bloß nicht stören!“

Kat wollte gerade fragen, wobei sie sich nicht stören lassen sollten, da verstand sie die Aussage. Augenblicklich spürte sie, wie nun ihr das Blut heiß in die Wangen stieg. Katrick. Küsse. Zeugs. Sie traute sich nicht, Rick anzusehen, der aufgehört hatte zu kichern. Kat selbst fand das alles gerade auch nicht mehr ganz so komisch. Wobei – eigentlich ... Sie hatten immerhin alle beide zu lachen angefangen, statt sofort rot zu werden oder nach der Hand des anderen zu fassen ...

Sie holte tief Luft. Es wurde Zeit, dass die Sache ein für alle Mal geklärt wurde. „Du, Rick? Wir sind nicht Katrick, oder?“

„Ich, ähm ... hättest du das gerne?“

Langsam schüttelte Kat den Kopf. Nein, tatsächlich, es fühlte sich so komisch an, so absurd, als Pärchen angesehen zu werden – sie war sich jetzt ganz sicher, dass sie tatsächlich einfach nicht in Rick verliebt war.

Rick stieß lautstark die Luft aus. „Mann, das macht mich

jetzt schon seit einer ganzen Weile fertig. Also, weißt du, ich mag dich total, aber halt nicht so. Schon allein, weil ich einfach zu gerne was mit dir unternehme. Wir hätten es ja mal versuchen können, aber wenn man einmal was miteinander anfängt und dann klappt es doch nicht, dann ist die Freundschaft meist auch im Eimer. Und das will ich nicht."

„Ich auch nicht. Also – bleiben wir einfach Freunde!"

„Aber sowas von!" Rick hielt ihr die Hand hin. Ohne zu zögern, schlug Kat ein.

„Weißt du, was ich an dir echt klasse finde? Dass du weißt, wie man einschlagen muss."

Kat grinste. „Küsschen rechts und links fand ich schon immer doof, und in der Grundschule hatte ich auch ein paar Jungs als Freunde."

„Das erklärt einiges."

Kat schaute ihn nachdenklich an. Ein unschöner Gedanke huschte ihr durch den Kopf und platzte sofort aus ihr heraus: „Meinst du, du willst nichts von mir, weil ich kein richtiges Mädchen bin?"

„Was, weil du keine Begrüßungsküsschen magst und nicht nur über Make-up und die letzte Folge von dämlichen Model-Castingshows redest? So'n Quark! Du bist ein cooleres Mädchen als die meisten, die ich kenne, und ich frage mich ja selber, warum ich mich nicht in dich verknallt habe. Tja, es soll wohl einfach nicht sein."

„Stimmt." Kat merkte auf einmal, dass der Satz mehr war als eine Redewendung. Nein, es sollte tatsächlich nicht sein. *Danke*, sagte Kat in Gedanken zu Gott. *Danke, dass du für mich da bist. Und wie gut, dass ich so viel darüber nachgedacht habe, ob es für dich okay wäre, wenn ich mit Rick zusammenkomme. Sonst hätte ich wahrscheinlich einfach eine Beziehung mit ihm angefangen, obwohl wir beide nicht ineinander verliebt sind – bloß weil es alle so erwarten. Und daran wäre unsere Freundschaft garantiert kaputtgegangen.*

In diesem Moment kam Mom mit Otto um die Ecke. „Mann, ich bin klatschnass geschwitzt. Otto hat offenbar keine Lust heute, ich habe ihn kaum aufgehalftert gekriegt und musste ihn erst durch die halbe Koppel und wieder zurück verfolgen. Hallo Rick!"

„Hallo", sagte Rick und nahm seinen Eimer wieder auf. „Ich muss dann mal los. Ciao! Wir texten, Kat, ja?"

„Machen wir!"

Mom betrachtete Kat nachdenklich. „Na, du bist so fröhlich – liegt das an Rick?"

„Gewissermaßen ja."

„Gewissermaßen, aha. Was auch immer das heißen mag ..."

Kat bückte sich vorsichtig, öffnete die Putzbox und holte einen Gummistriegel heraus. „Wir sind halt gute Kumpels, Rick und ich."

„Soso – Kumpels." In Moms Stimme klang die unausgesprochene Skepsis deutlich mit.

Langsam richtete Kat sich wieder auf und lächelte ihre Mutter breit an. „Genau das." Dann trat sie zu Otto hinüber, der sie neugierig mit der Nase anstupste und nach Leckerlis absuchte. Sie kraulte ihm die Stirn. „Na, du Fressnase? Heute habe ich sogar tatsächlich was dabei. Ausnahmsweise. Da, ein Möhrchen für dich – Wiedergutmachungsgeschenk. Und ich verspreche dir, dass ich dich in Zukunft nicht wieder mit was verwirre, was wir beide noch nicht können. Ehrenwort."

Mom trat neben sie, legte ihr den Arm um die Schultern und drückte sie an sich. Zum Glück war es die nicht geprellte Seite. „Weißt du was? Ich habe doch eine wirklich tolle Tochter! Hab dich lieb!"

Otto steckte seine Nase dazwischen und forderte mehr Möhre ein.

Mom lachte. „Ja, dich auch, Dicker. So, dann wollen wir mal Hufe auskratzen. – Wenn du magst, kannst du ein bisschen putzen, Kat, aber du brauchst nicht gründlich zu sein, ich will heute nur longieren."

Während Kat mit dem Gummistriegel über Ottos Fell rubbelte und er genießerisch die Oberlippe hängen ließ und die Augen halb schloss, spürte sie, wie ein blubberndes Glücksgefühl in ihr aufstieg. Die Welt war großartig, Rick war ein Freund und nicht mehr, Otto war nicht nachtragend, am Donnerstag würde Helli mit zum Stall kommen, und Gott ließ sie nicht im Stich, sondern kümmerte sich um sie und ihre Probleme und überhaupt ihr Leben. *Ich hab dich auch lieb, Daddy*, dachte Kat, und das Glücksgefühl wuchs sogar noch etwas an.

***

„Mann, ich bin so aufgeregt!" Helli fasste nach Kats Hand und drückte sie so fest, dass es beinahe wehtat, als sie aus dem Kombi ihrer Eltern stiegen.

„Ich auch", raunte Kat zurück. „Hoffentlich mache ich nicht wieder irgendeinen Quatsch, der deine Eltern verschreckt!"

Herr und Frau Abel waren inzwischen ebenfalls ausgestiegen und traten nun neben die beiden Mädchen. „Dann führt uns mal ein bisschen herum", schlug Herr Abel vor.

Als sie sich den Ställen näherten, kam gerade Rick mit einer Schubkarre voll Mist von den Koppeln. „Hallo!" Er lächelte ihnen zu und fuhr seine Ladung zum Misthaufen.

„Ist das ein Stallbursche?", fragte Frau Abel leise.

„Nein, das ist Rick. Ihm gehört ein ziemlich tolles Pferd, das er auch auf Turnieren reitet. Es gibt zwar auch einen Mann, der hier angestellt ist und gegen Aufpreis auf die Miete mistet, aber die meisten Leute machen das selber."

Kat sah, wie Hellis Eltern einen positiv überraschten Blick wechselten, und schickte ein kurzes *Mach bitte, dass es so weitergeht, Daddy, ja?* nach oben.

Sie steuerte den Reitplatz an, auf dem Anne gerade am langen Zügel auf ihrer jungen Fuchsstute Sally ritt. Als sie die Besucher bemerkte, ritt sie sofort an den Rand und sprang ab.

„Hallo! Sie müssen Hellis Eltern sein, habe ich recht? Kat hat mir schon gesagt, dass Sie sich unseren Betrieb hier mal ansehen wollen. Ich bin Anne Krämer, die Reitlehrerin." Anne reichte Herrn und Frau Abel die Hand. „Wenn ich nicht gleich eine Reitstunde zu geben hätte, würde ich Ihnen gern selber hier alles zeigen. Aber Kat verbringt inzwischen so viel Zeit hier, dass sie Sie genauso gut führen kann. Wenn Sie Fragen haben, können Sie das aber gerne tun, ein paar Minuten habe ich noch."

Tatsächlich stellten Hellis Eltern ein paar Fragen über den Stallbetrieb und den Reitunterricht, die Anne freundlich beantwortete. Schließlich schaute sie aber auf die Uhr. „So, es tut mir leid, aber ich muss jetzt wirklich los. Sie können mich aber gern mal anrufen, wenn sich noch eine Frage ergibt."

„Vielen Dank", sagte Frau Abel. „Das war sehr nett von Ihnen!"

„Sehr sympathische Frau, findest du nicht?", hörte Kat sie auf dem Weg zur Reithalle zu ihrem Mann sagen, und sie zwinkerte Helli zu. Zwei zu null!

In der Halle war gerade eine Frau in Moms Alter dabei, den Hufschlag zu rechen. Kat erkannte Tanja an ihrem Falben Summerboy, der gähnend in der Mitte der Halle wartete.

„Hier findet der Unterricht statt."

Herr Abel nickte. „Und nach dem Reiten macht man alles wieder ordentlich?"

„Ja, das gehört dazu."

„Aber das Pferd hat ja gar keinen Sattel an?" Frau Abel schaute Kat fragend an.

„Tanja hat vermutlich Bodenarbeit mit ihm gemacht. Sehen Sie, da liegen auch noch Stangen auf dem Boden, da hat sie ihn drübergeführt. Das ist gut für die Beziehung zwischen Pferd und Reiter, und es stärkt auch die Muskulatur des Pferdes. Und konzentrieren muss es sich auch. Außerdem macht es viel Spaß. Das ist auch das, was Helli ein bisschen mit Otto und mir machen könnte, wenn Sie es erlauben."

„Ja, wir werden sehen", sagte Herr Abel. „Dann haben wir jetzt alles besichtigt, oder?"

Helli schüttelte den Kopf. „Die Koppeln noch nicht, das ist ja das Schönste!"

Ihre Mutter lächelte. „So? Na, dann zeigt uns das doch auch noch."

Das taten sie, und das schöne Bild der friedlich grasenden Pferde im Schatten der Bäume verfehlte seinen Eindruck auf Hellis Eltern nicht. „Welches ist denn nun euer Otto?", wollte Frau Abel wissen.

Kat hatte in weiser Voraussicht Möhren eingesteckt. „Der hellbraune da. – Otto! Komm mal her, ich hab was für dich!" Sie hakte das Tor aus und ging auf die Weide, und tatsächlich kam Otto ihr entgegen – zwar nicht gerade energisch, sondern mehr in schlurfendem Schritt, aber er kam. Sie gab ihm seine Möhre und kraulte ihn unter der Stirnlocke.

„Der ist ja gar nicht so groß", stellte Herr Abel fest. „Eher so ein Pony, oder?"

„Ja. Aber er ist groß genug, dass auch Erwachsene auf ihm reiten können. Jedenfalls, wenn sie so klein sind wie Mom und ich." Kat grinste, während Otto nach weiterer Bestechung in ihren Taschen suchte.

„Hm", machte Hellis Vater und schaute seine Frau an. Kat hielt sich vor Aufregung an Ottos Mähne fest. Jetzt musste die Entscheidung fallen!

Frau Abel nickte leicht, und Herr Abel legte seinen Arm um Hellis Schultern. „Also, das ist hier wirklich anders, als wir uns das immer vorgestellt haben. Da muss ich einfach zugeben, dass wir Vorurteile hatten – wir dachten immer, das ist hier alles so ... na ja, edel und voller reicher Leute, die sich die Hände nicht schmutzig machen wollen und nur auf Turniererfolge aus sind. Aber das scheint völlig anders zu sein. Es gefällt uns wirklich gut hier, und ich glaube, vom Umgang mit den Tieren wirst du sogar eher noch profitieren. Und du hast recht – man wird ehrfürchtig, wenn man die schönen Tiere sieht und daran denkt, dass Gott sie gemacht hat und möchte, dass wir uns an ihnen freuen."

„Heißt das, ich darf auch mit Bodenarbeit machen und so, nicht nur zugucken?", fragte Helli atemlos.

Ihr Vater lachte. „Ja, sicher, was dachtest du denn, was ich mit der kleinen Ansprache meinte?"

„Danke! Oh, danke, danke, danke!", stieß Helli hervor und drückte sich ganz fest an ihren Vater.

„Yay!", rief Kat. Otto zuckte nur mit einem Ohr und schnaubte. „Darauf noch eine Möhre für das Pony!"

Damit war Otto natürlich mehr als einverstanden!

11. Kapitel

... in welchem durch den Wald getrabt wird.

„Na, du guckst ja richtig aufgeregt!“ Anne grinste Kat über Toasts gesprenkelten Rücken an.

„Ist ja schließlich auch mein erstes Mal im Gelände! Und auf Toast bin ich auch noch nie geritten.“ Kat nahm den Striegel vom Fell des Appaloosas und schob die Ärmel ihrer Sweatjacke hoch. Die Striegelei und die Aufregung brachten sie ein bisschen zum Schwitzen, obwohl es ansonsten deutlich kühler geworden war in den letzten Wochen. Der September war schon halb vorbei, und der Herbst kündigte sich mit Macht an – das war auch der Grund gewesen, warum Anne vorhin vorgeschlagen hatte, einen netten Samstagnachmittags-Ausritt zu machen. Durch die niedrigeren Temperaturen quälten Fliegen und Bremsen die Pferde nicht mehr so, und Kats Prellung hatte sich endlich ganz verzogen, sodass sie länger als eine halbe Stunde auf dem Pferd sitzen konnte.

Anne kraulte den Mähnenkamm des Wallachs. „Toast ist aber eine gute Wahl für draußen. Der lässt sich kaum aus der Ruhe bringen. Und dass deine Mutter selber auf Otto reiten möchte, ist ja klar.“

„Ich finde es ja auch toll, dass ich Toast reiten darf.“ Kat streichelte über den Hals des Appaloosas. Ein klein wenig bedauerlich war es allerdings schon, dass sie ihren ersten Ausritt nicht auf Otto machen konnte. Aber Otto war nun mal in erster Linie Moms Pferd.

Anne legte den Kopf leicht schief und kniff die Augen zusammen. „Hast du ein bisschen Angst? So ein Sturz kann einem manchmal noch lange in den Knochen stecken."

Kat schüttelte den Kopf. „Nein, kein Stück. Ich bin einfach nur vorfreudig-aufgeregt. Ehrlich!"

„Na, dann ist ja gut. Kriegst du den Sattel alleine rauf?"

Skeptisch betrachtete Kat den Pferderücken, der etwa auf Höhe ihrer Nase war, und schaute dann zu dem schweren Westernsattel mit dem Holzbaum, der auf dem Anbindebalken darauf wartete, auf diesen Rücken hinaufgewuchtet zu werden. „Ich guck mal."

„Na, ich bin ja da, falls es nicht klappt. – Sag mal, Silke, was machst du da eigentlich?"

„Putzen!", tönte Moms Stimme dumpf unter dem Pferdebauch hervor, wo sie gerade mit viel Körpereinsatz Ottos Fell in den entlegensten Winkeln reinigte. „Hier ist so ein Grasfleck, der geht ganz schlecht weg."

„Du, der muss auch nicht porentief rein sein und glänzen, dein Otto – es sieht uns wahrscheinlich sowieso niemand. Hauptsache, die Sattellage ist sauber und es kann nichts scheuern", merkte Anne an.

Mom tauchte mit hochrotem Kopf, fliegenden Haaren und einem breiten Lächeln im Gesicht wieder auf. „Stimmt auch wieder. Aber jetzt bin ich auch fertig."

Kat legte den Striegel in die Putzbox zurück und legte das dicke rote Sattelpad auf Toasts Rücken. Dann hob sie den Sattel von der Stange. Neben dem Wallach blieb sie stehen und griff noch einmal nach, damit ihr das schwere Ding nicht herunterrutschte.

„Schwung holen und von der Kruppe her rauf", erklärte

Anne, die Kats Zögern bemerkte. „Und dann natürlich nicht drauffallen lassen, sondern sanft ablegen. Einfach raufheben geht da nicht, so wie ihr das immer mit dem baumlosen Sattel bei Otto macht."

„Okay." Kat holte noch einmal tief Luft, dann schwang sie den Sattel zuerst nach rechts, dann nach links und oben. Allerdings nicht hoch genug, denn am Ende lag der Sattel halb auf Toasts Schweifrübe. Er schaute sich etwas irritiert nach ihr um, und sie zog den Sattel wieder herunter. „Äh ...", machte sie.

Anne grinste. „Einmal probierst du es noch. Das macht Toast noch mit. Wenn es dann nicht klappt, mach ich's."

Kat biss die Zähne zusammen. Langsam protestierten ihre Armmuskeln gegen die ungewohnte Beanspruchung. Entschlossen holte sie noch einmal Schwung – und diesmal landete der Sattel genau da, wo er hinsollte.

„Na bitte!", sagte Anne, und Kat zog erleichtert den Sattelgurt fest.

Kurz darauf waren alle drei Pferde gesattelt und aufgetrenst, und es konnte losgehen. Vor dem Sattelplatz stiegen sie auf.

„So", sagte Anne dann. „Wir reiten am Parkplatz vorbei und dann nach rechts Richtung Wald. Ich gehe mit Flora vorn, dann Kat und Toast, dann Silke und Otto. Alle bereit?"

„Jawoll!", sagten Kat und Mom fast gleichzeitig.

„Na, dann los!" Anne ritt mit Flora an. Kat rückte sich noch einmal im ungewohnten Sattel zurecht, fasste die Zügel nach und legte die Schenkel an Toasts Bauch. Brav ging er los, die Ohren gespitzt und ganz offensichtlich voller Vorfreude. Kat fühlte auf einmal ein derart frohes Kribbeln in sich, dass sie am liebsten einen Indianerschrei ausgestoßen hätte. Weil das keine gute Idee gewesen wäre, grinste sie nur breit und kraulte Toasts Mähnenkamm, während sie in gemütlichem Schritt über das Stallgelände ritten. Wie gut, dass sie endlich wieder richtig reiten konnte und das hier genießen durfte! Im Grunde fehlte nur Helli, aber die kam ja am Donnerstag wieder mit.

Auf dem Platz galoppierte Rick mit Blue seine Zirkel. Als er die drei Reiterinnen sah, hielt er am Zaun an. „Na, Ausritt?"

„Nee, wir üben für den nächsten Martinsumzug", rief Kat übermütig.

Rick lachte. „Na, dann viel Erfolg, und denkt an die Sache mit dem Mantel!"

Kat riss in gespieltem Erschrecken die Augen auf. „Ich wusste, wir haben irgendwas vergessen!"

„Jetzt wird aber nicht mehr umgedreht", bestimmte Anne energisch. „Und meine Wintermäntel zerteilt sowieso niemand mit irgendwelchen Schwertern!"

„Schade." Rick lachte wieder und trabte Blue an. „Viel Spaß euch!"

Als sie am Parkplatz vorbeiritten, rief Mom von hinten mit theatralischem Zittern in der Stimme: „Leb wohl, mein liebes, grünes Auto! Wir ziehen nun mutig voran und stellen uns den Gefahren der Wildnis – warte geduldig auf mich, mein treues Gefährt!"

Mit dem Gelächter, das darauf folgte, verschwand auch der letzte Rest von Unsicherheit aus Kats Kopf.

„Na, dann auf in die Freiheit, mein edles, getoastetes Ross!", rief sie und erntete eine zweite Lachsalve.

Erst als sie in den Wald hineinritten, wurden sie ruhiger. Kat fühlte sich fast ein bisschen andächtig. Es war wie eine neue Welt – eine Welt, in der sich die Sonnenstrahlen durch Tausende von grünen und gelben Blättern und dunklen Fichtennadeln hindurchkämpfen mussten und nur in gedämpften Tönen den Boden erreichte. Die Huftritte der Pferde klangen dumpfer und fühlten sich auch anders an. Vögel riefen und sangen, und ihre Stimmen schallten lauter durch die Stille als draußen. Es duftete wunderbar nach Wald. Toast ging mit fleißigem Schritt voran und schnaubte zufrieden.

„Ist das toll!", seufzte Kat.

„Wird gleich noch besser", versprach Anne. „Wenn wir um die Kurve rum sind, kommt ein etwas breiterer Weg, der ein ganzes Stück fast ganz geradeaus geht. Da traben wir. Bevor ich Flora bremse, hebe ich die Hand, dann pariert ihr durch. Alles klar?"

„Klar!"

Sie erreichten die Kurve, und Kat brauchte fast nichts zu tun, nachdem Flora vor ihr angetrabt war. Mehr als bereitwillig trabte auch Toast los, ganz weich und locker, und es war einfach herrlich, fand Kat. Anne hob ihre Hand viel zu schnell, Kat hätte ewig so weitertraben können!

„Na?", machte Anne.

„Schöööön!"

„Und ganz hinten?"

„Auch schöööön!", rief Mom.

„Super. Wie macht sich Otto?"

„Also, soweit ich das sehe, hat er jedenfalls Spaß. Vielleicht nicht ganz so viel wie ich, ich musste ihn eben doch zwischendurch noch mal überreden, dass wir nicht schon nach der Hälfte der Strecke in den Schritt zurückfallen."

„Tja, bei Otto siegt die Faulheit sogar über den Herdentrieb ... Ach so, apropos Herdentrieb, Silke: Ich habe jetzt eine Baufirma gefunden. Nächste Woche kommen die Bagger, und spätestens im November kann dein Otto dann in einen Offenstall umziehen, wenn du willst."

„Hurra!", rief Mom begeistert. „Besser kann der Tag ja kaum noch werden!"

Toasts Kopf ruckte ein Stück in die Höhe, seine Ohren drehten sich nach allen Seiten. Kat strich ihm über den Hals. „Na na, alles gut."

„Was ist los?“, fragte Anne. „Soll ich anhalten?“

„Nein, alles in Ordnung. Toast hat sich nur ein bisschen vor Mom erschrocken.“

„Sorry“, sagte Mom kleinlaut.

Anne drehte sich im Sattel um und schaute nach Toast. „Tja, inzwischen ist er zu lange nicht mehr auf einem Turnier gewesen, da hat er die Hurrarufe wohl schon vergessen. Ich hoffe, Sally gewöhnt sich noch an so was, die ist derzeit noch ziemlich schreckhaft.“

„Du, Anne?“, fragte Kat. „Du hast doch Sally als neues Turnierpferd gekauft, oder? Warum reitest du denn nicht wieder Toast? Und warum bist du eigentlich so lange nicht auf Turnieren gewesen?“

„Tja, weißt du, als ich meinen Trainerschein gemacht und den Hof aufgebaut habe, hatte ich keine Zeit und später dann einfach keine Lust mehr, am Wochenende auch noch durch die Gegend zu gurken. Inzwischen ist die Lust wieder da, deswegen habe ich die kleine Sally gekauft. Toast ist so ein gutes Schulpferd, den will ich da nicht wieder rausnehmen.“

„Was willst du denn mit Sally reiten? Reining?“

„Nein, das ist nicht meine Sparte. Ich bleibe bei Pleasure, Horsemanship und ab und zu mal einer Trailprüfung.“

„Und was machst du, wenn sich Sally nicht an den Lärm gewöhnen kann?“

„Dann werde ich wohl nur noch ausreiten! Aber ich gehe nicht davon aus, dass das ein Problem wird. Wir müssen uns einfach noch etwas aneinander gewöhnen. Und sie ist ja noch sehr jung. Im Übrigen kann sich selbst das coolste Pony mal erschrecken, vor allem, wenn es in einer unbekannten Umgebung und in einer neuen Situation ist. Sogar mit Toast hatte ich das mal auf einem Turnier. Da bimmelte bei einem Zuschauer auf einmal das Handy in einer Mordslautstärke mit Donald Ducks Entengeräusch als Klingelton, und Toast machte einen Riesensatz zur Seite, sodass ich halb neben dem Sattel hing. Mitten in der Trailprüfung! Ich musste erst mal einen Zirkel Schritt reiten, bis er sich wieder beruhigt hatte. Der Typ mit dem Handy hat sich hinterher dann tausendmal bei mir entschuldigt und mir als Entschädigung Kaffee und Kuchen ausgegeben."

„Hast du dich sehr geärgert?", fragte Mom.

„Ach was! Zumal ich auch den Trail noch zu Ende reiten durfte, wenn auch nicht sonderlich erfolgreich. Aber auch wenn es mir die Prüfung komplett verhagelt hätte – ich mache das ja schließlich aus Spaß, was soll ich mich da aufregen, wenn etwas schiefgeht? Vor allem: Pferde sind halt auch Lebewesen, die können und dürfen sich erschrecken und auch einfach mal einen schlechten Tag haben, obwohl ich gerade aufs Turnier will. Wenn ich damit nicht klarkäme, sollte ich mir lieber einen Sport suchen, wo man mit leblosen Sportgeräten und nur mit dem eigenen Körper zu tun hat. Will ich aber nicht. Das ist schließlich gerade das Schöne am Reiten: dass es in gewisser Weise eine Teamsportart ist. Zwei Persönlichkeiten, die sich zusammenraufen und gemeinsam was erreichen. Und das, obwohl die beiden Sportpartner eigentlich verschiedene Sprachen sprechen."

„Das hast du schön ausgedrückt", fand Mom. „Darum geht's ja auch beim ganz normalen Freizeitreiten. Bloß dass man da nicht mal unbedingt was erreichen will, sondern einfach nur Spaß mit dem Pferd haben. So wie wir gerade!"

„Genau!", bestätigte Anne. „Und darum traben wir jetzt auch gleich noch mal."

„Super!" Kat legte die Schenkel an, und Toast fiel hinter Flora her wieder in seinen weichen Trab. Wieder kam der Schluss der Trabstrecke viel zu schnell.

Andererseits ... es war auch herrlich, im Schritt zu reiten, sanft gewiegt von der Bewegung des Pferdekörpers unter ihr. Die Luft war frisch und duftete nach Fichtennadeln und feuchter Erde, und unter den Hufen der Pferde zerknackten ab und zu Zweige. Rechts und links standen die Bäume wie Säulen und spannten ihre Kronen wie ein Dach. *Fast wie in einer alten Kirche*, dachte Kat, und dann fiel ihr ein, was Helli zu ihren Eltern gesagt hatte: dass sie sich beim Anblick von Pferden darüber freuen musste, dass Gott so etwas Wunderbares geschaffen hatte. Auf einmal wusste sie genau, was ihre Freundin gemeint hatte: der Wald, der Himmel, Toast, der kurz den Kopf schüttelte, um ein paar Fliegen wegzuscheuchen, Otto schnaubte hinter ihnen – Kat spürte regelrecht, dass sie ein Teil dieser Schöpfung war und wie sehr Gott das alles liebte, was er geschaffen hatte.

Sie atmete tief ein. Turnierreiten war toll. Aber das hier war genauso toll. Nun, glücklicherweise musste sie sich ja auch nicht nur für eins entscheiden, sondern konnte so wie Anne einfach beides machen!

„Na? Auch ohne Trab schön?“, fragte Anne von vorn.

„Bloß ‚schön‘ reicht gar nicht.“ Kat sog noch einmal die duftende Waldluft ein. „Das Leben ist großartig!“

Gerade jetzt – und überhaupt.

Band 1 der Reihe Kat & Co

Wer steht schon auf Pferde?
ISBN 978-3-86827-506-3
154 Seiten, gebunden

Kat ist 14 und kann mit Pferden absolut nichts anfangen. Zu dumm nur, dass ihre Mutter zum Geburtstag ein Pferd bekommt. Und zu dumm, dass Kat gegenüber dem süßesten Jungen im ganzen Reitstall behauptet, sie werde künftig auch reiten. Jetzt bleibt ihr gar keine andere Wahl. Warum nur hat sie nicht ihren Mund gehalten? Und warum hat sich ihre Mutter kein vorzeigbareres Pferd aussuchen können als dieses kleine, gefräßige, überaus sture Pony namens Otto?

Ab 12 Jahren.

Weitere Bücher für Teenager

Brandilyn und Amberly Collins
Backstagetrouble
Glamour, Glanz & Gefahr – Band 1
ISBN 978-3-86827-378-6
304 Seiten, kartoniert

Shaley O'Connor ist 16, die Tochter einer bekannten Rocksängerin und führt ein Leben, von dem viele träumen. Limousinen, Luxushotels und Backstagepässe gehören zu ihrem Alltag einfach dazu. Aber dann stolpert Shaley während eines Tourkonzerts im Backstagebereich über die Leiche eines Freundes. Wer hat Tom auf dem Gewissen? Und hat sein Tod irgendetwas mit ihr zu tun? Plötzlich hat Shaley jede Menge Trouble. Sie bekommt nicht nur bedrohliche Nachrichten, sondern auch die Paparazzi verfolgen sie. Wo ist Gott, wenn sie ihn braucht? Shaley hat nur eine Chance, aus diesem Albtraum zu entkommen: Sie muss Toms Mörder finden, bevor er wieder zuschlägt.

Brandilyn & Amberly Collins
Spotlight
Glamour, Glanz & Gefahr – Band 2
ISBN 978-3-86827-420-2
304 Seiten, kartoniert

Bisher ist es die schlimmste Tournee ihres Lebens. Normalerweise reist Shaley O'Connor gerne mit ihrer berühmten Rockstar-Mutter von Konzert zu Konzert, aber diesmal ist einfach zu viel schiefgelaufen. Zwei Männer sind tot und einer hat ihr mit seinem letzten Atemzug zugeraunt: »Dein Vater hat mich geschickt!« Shaley ist schockiert. Von ihrer Mutter hat sie nie etwas über ihren Vater erfahren. Wer ist er? Was will er von ihr? Steckt er hinter den Morden? Als sich Shaleys Mutter nach einem Anschlag auf ihr Leben im Krankenhaus erholen muss, ist sie endlich bereit auszupacken. Doch während Mutter und Tochter in die spannende Vergangenheit eintauchen, hat die Vergangenheit bereits ihre Spur aufgenommen: Shaleys Vater ist auf dem Weg zu ihnen und entschlossen, sich durch nichts aufhalten zu lassen. Wird Gott Shaley im Auge behalten, wie er es ihr versprochen hat?

Brandilyn & Amberly Collins
Gekidnappt
Glamour, Glanz & Gefahr – Band 3
ISBN 978-3-86827-445-5
282 Seiten, Paperback

Eigentlich sollte es der schönste Tag in Shaleys Leben werden. Ihre Rockstar-Mom Rayne O'Connor will endlich ihre Jugendliebe Gary Donovan heiraten, Shaleys Vater. Doch nur Minuten vor der Trauung entwickelt sich der Tag zum Albtraum: Shaley wird gekidnappt. Wer ist der Mann, der sie entführt hat – und vor allem: Warum? Während Rayne und Gary einen Wettlauf gegen die Zeit führen, um ihre Tochter zu finden, entwischt Shaleys Entführer der Polizei immer wieder. Shaley fürchtet um ihr Leben, doch sie zwingt sich dazu, stark zu bleiben. Und mit der Zeit begreift sie, dass nur einer ihr helfen kann ...

Melissa C. Feurer
Der Soundtrack deines Lebens
ISBN 978-3-86827-419-6
320 Seiten, Paperback

Lily freut sich riesig auf die Sommerferien. Zusammen mit ihren besten Freunden Cab, Leonie und Alex will sie am See zelten, die Auftritte von »Suneclipse«, Cabs und Alex' Band, genießen und einfach das Leben feiern. Doch es kommt anders als gedacht. Cab erkrankt an Leukämie. Sowohl die Band als auch ihre Freundschaft drohen daran zu zerbrechen. Doch Cab ist fest entschlossen zu kämpfen: um seine Freunde, um die Musik, um sein Leben. Für die anderen wird er zum Sinnbild der Hoffnung. Aber kann ihm das den Sieg über die tödliche Krankheit garantieren?

Melissa C. Feurer
überraschend anders
ISBN 978-3-86827-505-6
256 Seiten, Paperback

Meine Geschichte beginnt mit dem Happy End. Genau dann, wenn das Mädchen seinen Prinzen nach langer Zeit endlich bekommen hat und in einem traumhaften weißen Kleid mit ihm in den Sonnenuntergang reitet. Dieses Mädchen bin ich.
Von einem Pferd war an diesem Sommerabend zwar keine Spur, der malerische Sonnenuntergang war am sturmzerzausten Wolkenhimmel auch nicht wirklich zu sehen und ein weißes Sommerkleid trug ich nur deshalb, weil meine ältere Schwester ihre Verlobung mit Mr Wandelndes Bibellexikon feierte. Aber Luca hatte den Arm um meine Schultern geschlungen und das kam an mein persönliches Happy End schon richtig nahe heran.

Sam ist überglücklich. Endlich ist sie mit Luca, dem großen Bruder ihrer besten Freundin zusammen, den sie schon seit Jahren anhimmelt. Blöd nur, dass ihre Familie davon nicht wirklich begeistert zu sein scheint. Und blöd nur, dass einem keiner verrät, wie es nach dem Happy End eigentlich weitergeht …

Adrian Holloway
Der Schock deines Lebens
ISBN 978-3-86122-527-0
176 Seiten, kartoniert

„... Seltsam, was für ein normaler Tag es war. Ich kapiere bis jetzt nicht, wie alles so vorhersehbar sein konnte, so langweilig. Man würde doch erwarten, dass der Tag, an dem man stirbt, irgendwie gespenstisch ist und irgendwo unheimliche Musik läuft, aber ich schaute mir beim Anziehen das Frühstücksfernsehen an ...“

Doch dann wird's konkret.

Daniel, Anne und Judith haben eines gemeinsam: Ein verheerender Autounfall katapultiert sie in die Ewigkeit. Hier wartet der Schock ihres Lebens: Die Sache mit Gott und Jesus, Himmel und Hölle – alles wahr! Und plötzlich ist Schluss mit lustig, denn jetzt zählt nur noch eine Frage – wie standen sie zu alledem: Nie gehört, null Bock, lieber light oder voll dabei?

Krass?
Auch wenn´s lästig ist: Das Hier und Jetzt ist gepfeffert mit Fragen. Lass dich provozieren – deine Zukunft sollte es dir wert sein!

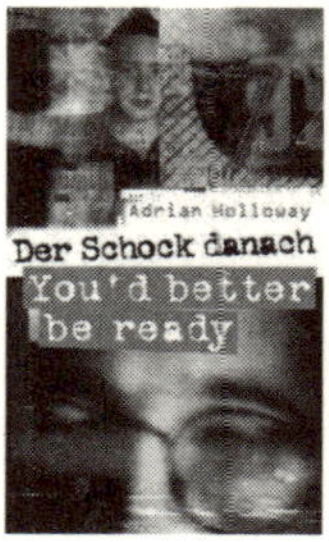

Adrian Holloway
Der Schock danach – you'd better be ready
ISBN 978-3-86122-784-7
180 Seiten, kartoniert

Daniel ist der einzige Überlebende eines Autounfalls, der zwei junge Menschen das Leben kostete und in die Ewigkeit entließ. Als er in der Klinik aufwacht, geschieht Merkwürdiges. Seine Familie ist alles andere als religiös, er aber kann plötzlich die verschiedensten Bibelstellen rezitieren. Und er kennt den Grund dafür – er weiß was nach dem Tod auf die Menschen wartet. Nach diesem Erlebnis kennt er nur noch ein Ziel: Seine Freunde und seine Familie müssen begreifen, dass Jesus ihre einzige Hoffnung ist, wenn sie nach dem Tod vor das Jüngste Gericht treten.
Ihn hat diese Einsicht völlig umgekrempelt, doch viele andere sind von dieser Perspektive ganz und gar nicht überzeugt. Grund genug für ihn, den Kampf um die anderen aufzunehmen.

Max Lucado
You made my day
Ein Überlebensguide für Teens
ISBN 978-3-86827-418-9
144 Seiten, gebunden

Wäre es nicht toll, gut gelaunt durch den Tag zu gehen? Und zu spüren, dass Gott da ist? Zu oft ziehen 24 Stunden einfach so an einem vorbei ... und geben dem nächsten öden Tag die Klinke in die Hand. Wäre es nicht super, wenn du selbst beeinflussen könntest, wie dein Tag läuft? Wenn du die Zeit mit Bedeutung und Sinn füllen könntest? Wenn du die Möglichkeit hättest, aus den Zitronen des Lebens Limonade zu machen? Aber hat man da überhaupt eine Wahl?

Max Lucado antwortet darauf mit einem ganz klaren Ja. Mit lustigen und lebendigen Geschichten aus dem Alltag und der Bibel zeigt er, wie du deinen Tag in Gottes Nähe so gestalten kannst, dass er gelingt. Selbst dann, wenn er ätzend angefangen hat ...

Fossi Bäumer
Face God
Glaube gefällt mir
ISBN 978-3-86827-380-9
176 Seiten, gebunden

Gibt es eigentlich Gott? Was wäre, wenn es ihn geben würde? Und was wäre, wenn er dich ultra lieb hätte und was mit deinem Leben reißen wollte?
In diesem Buch erzählen viele verschiedene Jungs und Mädels, wie sie Gott erleben und was sie zu den wichtigen Themen des Glaubens denken:
Im ersten Teil machen sie sich z.B. Gedanken über Jesus, den Heiligen Geist, die Bibel, den Sinn des Lebens. Im zweiten Teil berichten die unterschiedlichsten Typen, wie sie zu Jesus gefunden haben. Und der dritte Teil ist voll mit praktischen Tipps für das Christsein im Alltag.
Das Buch ist ein Gedankenanreger, Ideenbringer, Gefühlsdurcheinanderwirbler, Infragesteller und Tippanbieter, vor allen Dingen für Teens. Fossi Bäumer hat aber schon klargestellt, dass er seiner Oma auch nicht verbieten wird, drin zu stöbern.
Bleibt nur noch zu sagen: *Schnall dich an! Atme noch mal tief durch! Und los geht die wilde Fahrt durch das Abenteuerland Face God!*